KB118976

디어 마이 버디

디 어

마이

버디

장은진
장편소설

(주)자음과모음

차례.

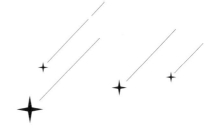

물속 편의점

물이, 계단 한 칸을 삼켰다.

도시는 사라졌고 일부만이 남았다. 남은 도시의 일부는 모두 높이를 자랑하던 것들이었다. 높이를 가져서 살아남았노라 말하는 듯했지만, 언제까지 버틸 수 있을지는 장담할 수 없었다. 그것이 우리에게 남겨진 비극이었다.

남은 것들은 섬의 형태였다. 섬과 섬을 잇는 길은 없었다. 땅, 인류가 착실하게 닦아 온 길이 사라졌기 때문이다. 도시와 바다, 육지와 바다의 경계가 사라졌기 때문이다.

그러나 없다는 건 많다는 뜻이기도 했다. 갈 수만 있다면, 지나가는 곳은 다 우리의 길이 되었다. 그 많은 길은 발자국을 허용하지 않았고, 아무리 걸어도 흔적이 남지 않았다. 혜미는 슬픈 눈으로 존재를 증명할 수 없게 된 것 같다고 말했다. 이제 도시는 물속을 거니는 자들에게 가까이 보였다. 나는 그런 사람 중 하나였다.

사람도 섬의 형태로 남았다. 죽어서 물 위에 홀로 떠 있거나 살기 위해 물 위를 혼자 헤엄치는 모습을 무수히 보며 나는 인간이 섬이란 걸 알았다. 그러나 인간이란 섬은 죽지만 않으면 움직일 수 있었다. 움직이면 찾아갈 수 있고, 손잡을 수 있으며, 둘이 될 수 있었다.

혜미는 내가 처음으로 찾아가 손잡아 준 섬이었다. 우리 둘은 손을 잡은 채 빌딩 9층 창문으로 주소가 지워진 도시를 내려다봤다.

"무서워……."

혜미가 한 걸음 뒤로 물러나 땀에 젖은 내 반팔 소매를 꽉 움켜쥐었다. 혜미 품에 안긴 새끼 고양이 루나가 가냘픈 소리로 울었다. 루나도 무섭다고 말하는 것 같았다.

우리가 내려다보고 있는 건 망망대해였다. 우리는 바다 한가운데 지어진 빌딩에 있었다. 아니, 누가 바다에 빌딩을 짓겠는가. 바다가 도시를 침범했다. 꼭 바다만은 아니었다. 강, 호수, 계곡, 빙하. 세계의 물이 하나로 뭉쳐 도시를 차지해 버렸다. 물을 나누던 경계가 사라졌으므로, 저 물은 바다이기도 강이기도 호수이기도 계곡이기도 빙하이기도 했다. 그러나 우리에겐 그냥 바다였다. 헤아릴 수 없을 만큼 넓고 깊으니까. 하얀 파도가 멈추지 않고 빌딩을 부술 듯 쳐 대니까.

하지만 바다라 부르고 싶지 않았다. 내가 지금까지 살면서 보았던 아름다운 바다, 나한테 벅찬 감동을 주던 그 바다는 아니니까. 다른 이름을 붙이고 싶지만, 붙이면 불러야 하고 부르면 저 끔찍한 광경이 계속 떠오를까 봐 어쩔 수 없이 바다라고 한다. 단, 저 것은 내가 몰랐던 결코 아름답지 않은 바다다. 저런 괴이한 바다는 내 상상 속 어디에도 없었다.

도시는 교과서에서 본 예전의 난지도 같았다. 무너진 집과 건물에서 흘러나온 온갖 잡동사니들, 부러진 나무들, 자동차들이 알록달록한 색깔을 띠며 물 위를 둥둥 떠다니고 있었다. 도시가 물에 잠긴 후 생활 소음은 사라졌지만, 파도 소리와 슥슥, 끅끅, 하고 온갖 잔해가 바다를 긁고 지나가는 소리는 하루 종일 들렸다. 그 잔해 사이에는 죽은 사람과 동물도 있었다. 무거운 것들은 떠다니다 바닥으로 가라앉았고, 가벼운 것들은 계속 표류하다 어딘가로 영영 사라져 버렸다. 사람과 동물은 썩고 흩어져 물 밑으로 자취를 감췄다. 땅이 없어서 물에 스스로 묻히는 것이었다. 그리고 난지도에도 쓸 만한 물건이 있었듯이, 저 바다에도 우리에게 필요한 것들이 많이 있었다.

혜미가 울먹이는 목소리로 말했다.

"우리 엄마 아빠도, 있을까?"

길도, 통신도 끊긴 상황이라 서로의 생사 확인은 어려웠다. 열일곱 살은 아직 부모님이 필요한 나이다. 나도 마찬가지다. 나는 목구멍이 뜨거워지는 걸 간신히 참으며 혜미의 손을 꽉 잡고 약속했다. 부모님을 찾아 주겠다고.

많은 것들이 물속으로 사라진 지, 우리가 많은 것들을 동시에 잃어버린 지 벌써 닷새째였다. 물 위의 풍경은 달라지지 않았고, 모두가 공평하게 불행해졌다.

더 불행해지라고 그쳤던 비가 다시 내리기 시작했다. 하늘에 가득 찬 먹구름은 기이한 형상으로 꿈틀대며 비를 뿌렸다. 거칠고 역동적으로 넘실대는 구름이었다. 마치 폭풍 치는 바다가 거꾸로 뒤집혀 하늘에 놓인 것 같았다. 하늘이 은빛 거울이어서 물결치는 바다를 그대로 비춘 것 같기도 했다.

언젠가 보트 다이빙을 하러 서해에 갔을 때 샘 아저씨가 저런 형태의 구름에 대해 말해 준 적이 있었다. '거친 물결구름'이란 이름의 그것은 2006년 미국 아이오와주에서 처음 발견되었고, '악마 구름'이라고 불린다고도 했다. 기상학자들은 국제 구름 도감에 등재된 악마 구름이 지구 온난화와 이상 기온 현상을 밝히는 데 실마리를 제공할 거라고 했다. '그날', 갑자기 나빠진 날씨 때문에 거칠어진 조류와 어두운 빛깔의 서해는 저 구름처럼 무서운 기운을 띠며 너울댔었다.

"드디어 왔구나."

샘 아저씨가 우리 뒤에서 무덤덤한 목소리로 말했다. 아저씨는 모든 상황을 예견하고 있는 듯했다. 마치 저 구름이 바이러스 감염 후 발현되는 첫 번째 증상인 것처럼. 미간을 살짝 찌푸리며 아저씨가 이어서 말했다.

"폭풍우가 되진 않는다고 들었는데, 저놈은 비를 품었구나."

나는 아저씨의 눈길을 따라 수면에 닿을 듯 낮은 자세로 이글거리는 먹구름을 올려다봤다. 무엇에인지 모르겠으나 지구는 감염되었고, 이상 증상을 몸부림이란 방식으로 알려 왔다. 우리가 원래 자리로 돌아갈 수 있을지는 아무도 몰랐다. 이대로 살아야 한다면 살아질까. 아저씨는 지구의 몸부림이 아직 끝나지 않았다면서, 살려면 먹어야 하지 않겠느냐며 혜미와 내 어깨를 감싸고 사무실로 데려갔다.

아저씨는 책상을 벽에 붙인 뒤 그 위에 군용 담요를 두툼하게 덮어서 침대 세 개를 만들어 주었다. 정작 넓은 침대가 필요한 아저씨는 창가의 작은 소파에서 지냈다. 누울 때마다 새우처럼 몸을 구부려야 해서 키가 크고 덩치도 산만 한 아저씨한테는 좁고 불편한 자리였다. 소파 앞 테이블에 아저씨가 마련해 둔 아침 식사가 놓여 있었다.

나는 자고 있는 동생 세아의 침대로 갔다. 어젯밤에도 세아는 공포와 두려움에 떠느라 늦게까지 잠을 못 잤다. 내가 옆에 누워 손을 꼭 잡고 신비한 바닷속 얘기를 들려주자 새벽녘에야 겨우 잠이 들었다. 그래서 깊이 잠든 세아를 깨우기가 망설여졌다. 아홉 살 세아가 마주친 세상은 열일곱 살 내가 마주한 세상과 완전히 다른 빛깔로 기억되고 있을 것이다. 혜미의 눈동자에 담긴 빛깔과 샘 아저씨의 눈동자에 새겨진 빛깔 또한 다를 것이다.

벽을 보고 누운 세아의 얼굴을 가만히 쳐다봤다. 세아는 좋은 꿈을 꾸는지 한 번씩 입가를 씰룩이며 웃었다. 무슨 꿈인지 알 수 없었지만, 세아를 그 꿈속에 계속 두고 싶었다. 꿈에서 깨면 악몽이 시작될 테니까. 이보다 더한 악몽을 꾸더라도 꿈에서는 끝까지 안전할 테니까.

그때 누군가 하늘을 찢기라도 한 것처럼 천둥소리가 났고, 깜짝 놀란 세아가 침대에서 벌떡 일어났다. 세아는 꿈과 현실의 경계를 헤매는 듯한 멍한 표정으로 나와 창밖의 소용돌이 모양 구름을 번갈아 쳐다봤다. 그러다 현실이 악몽임을 기억해 내고는 엄마를 부르며 울기 시작했다. 세아의 울음소리가 내 심장을 움켜쥐었다. 혜미가 달려와 세아의 등을 토닥이며 괜찮아, 괜찮아를 자장가처럼 조용하게 읊조렸다. 세아의 울음소리는 천천히 잦아들었고, 혜미는 세아 품에 루나를 안기며 루나의 꼬리로 장난을 쳤다. 루나가 작고 까끌한 혀로 세아의 손등을 핥자 세아는 간지럽다는 듯 고개를 비틀며 조금 웃었다.

테이블에는 삶은 옥수수 다섯 개와 견과류가 든 율무차가 놓여 있었다. 루나를 바닥에 내려놓자 녀석은 납작한 그릇 앞으로 발랄하게 뛰어가 우유를 핥아 먹었다. 천둥 번개가 칠 때마다 루나는 우유를 먹다 말고 앙증맞은 귀를 쫑긋거리며 유리창을 올려다봤다. 아저씨가 커튼을 쳐서 창문을 가렸다. 우리는 그제야 옥수수를 한 개씩 손에 쥐고 허겁지겁 먹었다.

아마 이것이 우리에게 남은 식량의 전부일 테다. 우리 식량이 다 떨어졌으니 다른 층 사람들도 마찬가지일 것이다. 그때 샘 아저씨와 눈이 마주쳤다. 내 눈빛 메시지를 받은 아저씨가 그렇다는 듯 고개를 끄덕였다.

아저씨와 알고 지낸 지 팔 년. 아저씨와는 눈빛만으로도 대화가 가능했다. 아저씨의 눈을 바라보면 아저씨의 기분과 감정, 몸 상태까지 알 수 있었다. 팔 년 동안 목숨처럼 다지고 지켜 온 물속 우정 덕분이다. 아저씨가 보내온 수신호에 나는 알겠다며 고개를 끄덕였다. 눈빛과 수신호가 오가자 지금의 세계가 물속인 것만 같았다. 아니, 어쩌면 그 세계는 이미 우리에게 다가와 있는지도 모른다.

아까 눈빛과 수신호로 나눈 아저씨와의 대화는 이랬다.

'먹을 게 다 떨어졌어요?'

'그래.'

'잠수할까요?'

'그래야지.'

'언제요?'

'비 그치면. 프리로 하자.'

'네.'

빠르게 소용돌이치는 구름이라 그런지 악마 구름은 소멸하는 것도 빨랐다. 점심때쯤 구름이 걷히자 아저씨와 나는 물이 안으로 들어오지 않는 드라이 슈트로 갈아입었다. 손에 드라이 글러브를 끼고 머리에는 후드를 썼다. 그런 다음 슈즈를 신고 정강이에는 나이프, 손목에는 시계처럼 생긴 다이브 컴퓨터를 찼다. 그리고 나머지 다이빙 장비인 물안경, 랜턴, 스노클, 롱핀, 채집망 등을 챙겨서 계단을 내려갔다. 혜미와 세아가 따라 나왔다.

우리가 머물고 있는 곳은 14층짜리 빌딩의 9층이었고, 물은 5층의 3분의 1까지 차 있었다. 더 기어오르겠다는 듯 물살은 쉴 새 없이 빌딩 안으로 쳐들어와 벽에 부딪혔다. 아저씨와 나는 장비를 마저 착용하고 물속으로 걸어 들어갔다. 드라이 슈트 덕에 물이 차갑지는 않았다. 뒤에서 혜미와 세아가 불안한 눈빛으로 우리를 쳐다봤다. '그날' 이후, 두 사람은 물을 극도로 무서워했다. 어두운 물이 건물 안에서 철썩대자 둘은 서로의 손을 꽉 잡고 뒷걸음질 치며 걱정스러워하는 표정을 지었다. 나는 두 사람을 향해 손을 흔들며 일부러 환하게 웃어 주었다.

아저씨와 나는 빌딩 밖으로 나왔다. 빌딩을 나왔는데도 땅 위를 걷는 게 아니라 물속을 헤엄쳐야 했다. 아무렇지 않게 걸었듯 아무렇지 않게 헤엄쳐야만 살아남을 수 있었다. 나는 물고기처럼 물을 가르며 아저씨가 5층 창문 쇠창살에 묶어 둔 고무보트에 올라탔다.

　오늘 우리의 다이빙 포인트는 빌딩 오십 미터 옆에 있는 편의점이다. 도시의 주소는 물에 잠겨 사라졌으니 새로운 감각으로 포인트를 찾아 나서야 한다. 아저씨가 노를 저어 보트를 움직였다. 보트는 물 위에 떠 있는 쓰레기를 헤치고 물결을 둥실둥실 넘어 앞으로 나아갔다. 나는 보트 앞머리에 앉아서 앞으로 나아가는 데 방해가 되는 쓰레기를 미리 치웠다.

　포인트에 도착한 우리는 의식처럼 잠수 순서와 안전 수칙을 브리핑했다. 서로 확인하고 확인시켜 주기 위해서였다. 아저씨는 공기탱크 없이 입수하는 프리 다이빙이라고 브리핑을 건너뛰거나 간단하게 끝내지 않았다. 브리핑은 잠수에 앞서 긴장감을 해소해 주는 효과도 있으니까. 아저씨는 먼저 컨디션 체크와 장비 점검을 했다. 빠지거나 고장 난 장비가 없는지 교차 점검까지 마친 우리는 수면 상태를 확인하고 수심에 따른 체류 시간을 보수적으로 잡아 다이브 컴퓨터에 입력했다.

　나는 입수부터 출수까지의 과정을 머릿속으로 미리 그려 봤다. 입수 후 수중 환경 파악, 임무 수행, 상승해서 수면 출수. 다이빙은 물 밖으로 무사히 빠져나와야 비로소 안도할 수 있는 일이었다. 그러니까 궁극의 다이빙 포인트는 물속의 어딘가가 아니라, 공기가 있는 안전한 물 바깥인 것이다.

　우리는 수신호도 점검했다. 말을 할 수 없는 다이버들이 물고기 종류나 잠수 상황을 수신호를 통해 공유하듯, 우리는 편의점에서 가져올 품목에 대한 수신호를 미리 정해 두었다. 물이 탁해서 랜턴을 이용해 신호를 보내기로 했다.

프리 다이빙은 잠수 시간이 짧기 때문에 빠른 속도로 하강해야 한다. 초속 1미터로 움직여야 해서 이동에 효율적인 플러터 킥을 하기로 했다. 이때 가장 중요한 건 팀 호흡이다. 아저씨와 나는 허리를 끈으로 묶어 놓은 것처럼 일정한 간격을 유지하며 같이 이동해야 한다. 서로가 보이는 곳에 있어야 하고, 절대 떨어져서는 안 된다.

이미 아는 것인데도 우리는 매뉴얼을 확인하고 공유하고 정리했다. 안전에 대한 룰 숙지는 늘 과해야 한다. 수면을 10센티미터 앞두고 죽을 수도 있는 곳이 물속이므로, 조금의 실수나 방심도 허용해서는 안 된다.

그렇게 빈틈없이 점검해도 문제가 생길 때가 있다. 제2의 우주인 바다는 모르는 게 너무 많은 곳이라서 우리를 호락호락 받아들이지 않을 것임을 명심해야 한다. 아저씨는 마지막으로 물속에서 욕심 부리지 말라고 강조했다. 물이 허용한 범위 내에서 수칙과 약속과 시간을 지키는 것만이 목숨을 지키는 길이니까.

아저씨와 나는 폐에 공기를 가득 담고 입수했다. 물속을 거닐며 물이 차지해 버린 도시를 들여다볼 시간이었다. 물이 탁해서 시야 확보가 조금 어려웠지만 랜턴 불빛에 건물의 형체가 어렴풋이 보였다. 그곳은 짙은 안개에 잠긴 유령 도시 같았다. 아무도 없을 테니 유령 도시인 건 맞았다. 우리 집도, 혜미네 집도 이런 모습일 것이다. 모두 무사할까.

집과 가족을 생각하자 어김없이 집중력이 흩어졌다. 물속에서는 물 밖을 잊어야 한다. 하지만 지금의 물속은 며칠 전까지도 물 밖이었기에 마주 보기가 고통스러웠다. 내게 신비함과 경외감을 주던 그 물속이 아니라서 참혹한 심정이었다. 다이빙 경험이 많은데도 불현듯 두려움이 엄습했다. 그때 아저씨가 랜턴 불빛으로 수신호를 보냈다. 내 심리 상태를 꿰뚫고 정신 똑바로 차리라고 주의를 주는 것이었다. 나는 수직 하강하는 속도만큼 재빨리 우리의 매뉴얼로 돌아왔다.

우리는 편의점에 도착했다. 불 꺼진 편의점 간판을 본 적이 없어서인지 순간 물속이란 사실을 잊고 멈칫했다. 들어가도 되나. 숨을 참아야 들어갈 수 있는 편의점이라니. 어디 편의점뿐이랴. 물속 커피숍, 물속 서점, 물속 마트, 물속 PC방, 물속 학교. 그러니까 물속 도시.

편의점 출입문은 떨어져 나가고 없었고, 물에 쓸려 가지 않고 남은 물건들은 바닥에 죽은 듯 가라앉아 있었다. 나는 랜턴을 비추며 필요한 것들을 채집망에 담았다. 사실 필요하지 않다고 할 만한 건 아무것도 없어서, 보이는 족족 무조건 담았다. 그렇게 정신없이 담다 보니 다이브 컴퓨터가 잠수 가능 시간이 얼마 남지 않았다고 알려 왔다. 올라가야 할 시간이었다.

아저씨와 나는 입수와 출수를 수차례 반복했다. 우리는 물질하는 해남이나 마찬가지였다. 물고기나 해산물이 아니라 물속 편의점에서 라면을, 부탄가스를, 통조림을, 바나나 우유를 건져 올리는 것이 다를 뿐이었다. 우리가 숨을 참은 만큼 보트에는 필요한 것들이 쌓여 갔다. 우리를 숨 쉬게 해 줄 것들이었다. 우리가 하는 일은 숨으로 숨을 구하는 것이었다. 숨으로 숨을 맞바꾸는 일이었다.

신비로움과 경외감을 주던 바다는 아니지만, 지금의 물속이 내게 낯선 건 아니었다. 물에 잠긴 도시는 아저씨와 훈련 차 여러 번 갔던 동굴 다이빙이나 서해 다이빙, 난파선 다이빙을 떠올리게 했다. 서해와 동굴이 가진 어둠, 건물과 닮은 난파선. 아직 가 본 적은 없지만 물속 도시는 수몰된 고대 유적지와 비슷한 모습이기도 할 것이다. 한때 사람들이 살았고, 그들이 생활했던 자리. 상실의 고통과 죽음의 현장. 며칠 전까지 내가 살던 도시가 동굴과 난파선처럼 미지의 세계가 될지도 모른다는 사실이 낯설 뿐이었다. 물은 그렇게 한순간에 인간의 것을 다른 세계의 것으로 만들어 버렸다.

다이빙 막바지에 아저씨는 생수를 찾으라는 수신호를 보냈다. 많은 걸 파괴한 물속에서 마실 물을 건져야 하다니 아이러니했다. 다행히 멀쩡한 형태로 살아남은 쇼케이스가 있었다. 나는 쇼케이

스 문을 열고 어렵지 않게 생수를 꺼내 담았다. 생수값은 돈 대신 숨으로 냈다.

마지막 잠수까지 끝낸 우리는 에비앙을 끌고 무사히 수면에 도착해 안도의 공기를 마셨다. 십여 초 먼저 수면에 올라와 있던 아저씨가 숨을 헐떡거리는 내게 물었다.

"마지막에 보낸 수신호는 뭐였니?"

올라가자는 수신호를 교환해 놓고 내가 늦게 나오자 아저씨가 조금 엄한 목소리로 물었다. 아저씨는 에비앙이 든 채집망을 끌어 올리며 덧붙였다.

"우리가 정한 건 아니었던 것 같은데."

"시체요. 시체를…… 봤어요."

물에 휩쓸려 가는 주검은 봤지만 물속에서 시체를 만난 건 처음이었다. 아저씨는 담담하게 고개를 끄덕이면서도 룰을 어기지 말라고 주의를 주며 나를 보트로 끌어 올렸다. 후드를 벗자 구름 사이로 쏟아지는 한여름 태양 빛이 정수리에 날카롭게 닿았다. 저 열에 물이 모조리 증발해 버렸으면 좋겠다. 태양은 그런 힘을 갖고 있지 않나.

갖고 있지 않다고 말하려는 듯 갑자기 생겨난 소용돌이 먹구름이 해를 가렸다. 곧바로 장대비가 쫘아, 하고 앞이 안 보일 정도로 쏟아져 내렸다.

아저씨와 나는 비를 맞으며 보트 가득 숨들을 싣고 빌딩으로 돌아왔다. 그런데 그 사이, 물이 계단 한 칸을 삼켜 버렸다.

＊

지구가 몸부림을 친 건 닷새 전, 토요일 오후 일곱 시였다. 동쪽 하늘에는 황금 거울 같은 보름달이 예쁘게도 걸려 있었다. 보름 달과 그믐달이 뜨면 바다의 조류는 엄청나게 거칠어지지만, 주말 도시의 흐름은 한없이 고요하고 차분하기만 했다. 폭풍전야처럼 이상하리만치 조용해서, 나는 창밖으로 얼굴을 내밀고 도시를 내 려다봤다. 도로를 지나는 자동차 불빛은 심해에 사는 발광어 떼 처럼 어스름한 저녁을 동그랗게 밝히며 질서정연하게 움직였다. 다들 가족과 시간을 보내는지 거리는 평소만큼 북적대지 않았다. 도시 특유의 분주함이나 신경 쓰일 정도의 소음도 없었다. 지금 생각해 보면 본능적으로 숨죽이고 있었던 게 아닐까 싶다.

차분한 도시와 달리 내 마음은 몹시 들뜬 상태였다. 여름방학 을 맞아 오래전부터 계획해 두었던, 팔라우에서 리브어보드 다이 빙*을 하기로 한 날이 내일이었기 때문이다. 나는 여행 비용을 마 련하기 위해 학교가 끝나면 전단지를 돌리거나 치킨 배달을 했 고, 주말에는 아쿠아리움에서 잠수 알바를 했다. 다이버의 성지인

---

* 배에서 숙식하며 다이빙을 하는 프로그램

팔라우에 가면 3대 다이빙 포인트 블루홀과 블루코너, 저먼채널을 다이빙할 예정이었다. 버킷 리스트 포인트인 팔라우에서 돌아오면 바로 국내 동굴 다이빙을 가기로도 되어 있었다.

당일에 샘 아저씨 회사 다이버들과 사무실에서 모여 출발하기로 했지만, 뭔가 불안했던 나는 전날 미리 장비를 챙겨 아저씨 사무실로 갔다. 그리고 역시나 서두르길 잘했다고 생각했다. 잠깐 외출 나간 아저씨를 기다리며 다이빙 장비를 점검하다 로그 북이 빠졌다는 걸 알았으니까.

로그 북은 다이빙 일기 같은 것으로, 다이버가 자신의 다이빙 경험과 경력을 기록하고 관리하는 작은 노트다. 다이빙 날짜와 장소, 수심, 다이빙 횟수, 포인트, 장비, 입수·잠수·출수 시간 등 다이빙의 모든 걸 그 노트에 적어 놓는다. 다이빙 환경이나 수치뿐 아니라 다이빙을 마친 감상과 느낌까지 적는다. 그렇게 기록해 두면 내 다이빙 실력이 어떻게 변화하고 발전해 왔는지, 누가 나를 물속에서 지켜 주었는지, 다이빙 중 어떤 문제가 생겼었는지 되짚어 볼 수 있다. 이렇게 복기하다 보면 같은 실수를 반복하지 않아서 스킬 향상에 많은 도움이 된다.

언젠가 아저씨의 로그 북을 본 적이 있다. 삼십육 년이란 다이빙 경력만큼 어마어마한 권수였다. 내게 그것은 단순한 기록이라기보다 다른 세계로 떠났던 수천 번의 여행에서 무사히 돌아왔다는, 저승을 지나쳐 왔다는 통과증으로 보였다.

다른 나라로 여행 갈 때 필요한 여권처럼 로그 북은 물속 여행을 다녀왔다는 도장 찍힌 증서나 마찬가지다. 크기도 여권과 비슷하다. 나는 색색이 쌓인 아저씨의 낡은 로그 북들을 볼 때마다 아저씨처럼 로그 북 지층으로 시간을 증명해 보이리라 다짐했다. 그것이 다이버만의 독특한 삶의 기록이자 기억의 방식이라고 생각했다.

그러니 로그 북을 챙기지 않았다는 건 나의 여행을 증명할 수 없다는 말이었고, 무사히 귀환하지 못해서 저승에 발이 묶일지도 모른다는 불길한 징조였으며, 삶의 어느 날을 기록해 두지 않아서 기억하지 못하리라는 슬픈 예감 같은 것이었다. 아무래도 로그 북을 가지러 집에 다녀와야 할 것 같아서 엘리베이터를 기다리고 있는데 휴대폰이 울렸다. 내가 좋아하는 김밥을 쌌다며 출국 전 꼭 먹이고 싶다는 엄마의 전화였다. 아저씨와 같이 먹으라며 엄마는 세아 편에 도시락을 보내겠다고 했다. 나는 사무실로 도로 들어서며 세아한테 로그 북을 가져다 달라고 부탁했다.

그날, 나의 로그 북은 저승 통과증이 맞았다. 로그 북이 세아와 나를 물속에서 건져 주었으니까.

오십 분 후, 택시가 도착했다. 세아는 배낭에서 김밥과 로그 북을 꺼내며 오빠 떠나기 전에 얼굴을 볼 수 있어서 다행이라고 말했다. 아마 세아는 자신이 김밥 배달을 하겠다며 떼를 썼을 것이고, 엄마는 하는 수 없이 세아를 모범택시에 태워 보냈을 것이다.

마침 샘 아저씨도 외출에서 돌아와 우리 셋은 우주에서 제일 맛있고 예쁜 엄마 김밥을 나눠 먹었다.

김밥을 다 먹고 마지막 남은 꽁다리를 서로 양보하고 있을 때였다. 어디선가 부글부글 끓는 소리가 들리면서 축이 흔들린 듯 지구가 크게 몸부림을 쳤다. 그러더니 거대한 무언가가 도시를 삽시간에 덮쳤다. 정전이 됐고, 우리는 비명을 지르며 서로를 부둥켜안은 채 테이블 밑으로 들어갔다.

무슨 일이 벌어진 건지 처음에는 알 수 없었다. 그렇게 몇 초쯤 흘렀을까. 지축을 흔들던 진동, 깨지고 부서지고 무너지는 소리들이 일순간 사라지자 우리는 테이블 밑에서 겁먹은 짐승처럼 기어나와 창가로 갔다. 그리고 도저히 믿기 어려운 광경을 보았다. 어두웠지만 더없이 선명하게 보였다. 세아가 공포에 떨며 내 손을 꽉 움켜쥐었다.

높고 거친 파고의 첫 번째 해일은 낮은 건물을 짓눌렀고 높은 건물을 허물어뜨렸다. 어, 하는 순간 벌어진 일이었다. 그만큼 순식간이었다. 잠시 후, 뒤로 물러났던 해일이 다시 한번 찾아왔다. 그때는 낮은 높이와 느린 속도로 밀려들었다. 무너뜨렸던 것들의 잔해를 모두 데리고 도시 깊숙이 파고들었다. 슥슥, 끅끅, 이상한 소리를 내면서.

해일은 부드러웠지만 멈추지 않았고 지치지도 않았다. 바다란 원래 멈추지 않고 지치지 않는다. 끊임없이 움직이고 흘러서 어던가에 기어코 닿고 채운다. 이번에는 도시의 땅이었다. 나는 바다가 경계를 넘어서까지 땅을 차지하고 싶었던 거라고 생각했다. 미워서인지, 혼내주려는 것인지, 욕심이 나서인지는 알 수 없었다. 물은 형태를 갖지 않아서 어떤 형태로든 땅을 차지할 수 있었다. 그것은 도시를 꼼짝 못 하게 틀어막고 포위했다. 딱 맞아서 나중에는 원래부터 자기 것이었던 양 위세를 떨며 넘실댔다. 그렇게 물은 도시를 가졌고, 더 높은 곳까지 가지려고 지금도 시시각각 손을 뻗고 있다.

우리가 있던 빌딩은 운 좋게도 파고를 견뎌 냈다. 높은 층이란 이유 하나가 우리를 살렸다. 그리고 이제부터 나는 전혀 해 본 적 없는 낯설고 생경한 여행을 로그 북에 기록해야 한다.

✳

빌딩 6층에도 공평하게 불행해진 사람들이 바닥에 담요를 깔고 앉아 창밖을 바라보고 있었다. 다들 서로 모르지만 살아남았다는 이유만으로 닮아 가고 있었다. 잃은 것도 얻은 것도 같은 난민들. 우리와도 다르지 않은 그들은 지금까지 살아 본 적 없는 낯선 시간을 보내고 있었다. 냄새 나는 옷으로 여러 날을 버티고, 적은 식량으로 간신히 배고픔을 달래며. 얼굴은 분간되지 않을 정도로 똑같아서 자세히 들여다봐야만 다른 사람이란 걸 알 수 있었다. 그들은 더러워진 얼굴과 앞으로 어떻게 될지 알 수 없어 불안한 눈동자, 어디로도 갈 수 없어 답답한 마음을 부여잡고 물이 도시를 돌려주기만을 기다렸다.

나는 소시지를 란희 누나에게 건넸다. 우리는 물속에서 가져온 것을 적게나마 빌딩 사람들과도 나누었다. 란희 누나는 학교 선배인 남자 친구와 영화를 보고 나오다 해일에 휩쓸렸다고 했다. 그 칠흑 같은 어둠 속에서 간신히 창문에 매달려 살 수 있었다며, 지유 이모와 달리 창문을 종종 고마운 눈빛으로 쳐다봤다. 그런데 이번에는 창문을 쳐다보는 누나의 눈가가 촉촉해졌다. 늘 밝고 긍정적이었던 누나라 나는 좀 놀랐다. 아마 지금까지 밝은 척해 왔던 것이리라. 생각해 보면 오히려 밝은 게 이상한 일이었다.

"선배는 해병대 출신이라 무사할 거라 믿어."

누나는 내가 건넨 소시지를 옆 사람들과 조금씩 나누었다. 그러고는 망가진 휴대폰 뒤에 붙여 둔 남자 친구의 사진을 보여 주었다. 박력이 넘치는 남자였다. 남자 친구는 영어를 잘해서 통역사가 꿈이라고 했다.

"누나 꿈은 뭐예요?"

내가 물었다.

"뭘 하든 행복해지는 거."

누나는 늙어 버린 사람의 얼굴로 대답했다.

"멋진 꿈이네요."

"근데 닷새 전에 누가 나한테 똑같은 걸 물었다면 다르게 말했을 거야."

누나는 소시지를 아끼듯 조금 베어 먹었다.

"어떻게요?"

나는 누나 앞에 양반다리를 하고 앉았다.

"부자가 되는 거."

"부자도 행복하지 않아요?"

"거꾸로더라고."

누나의 눈빛이 아주 잠깐 반짝였다.

"거꾸로요?"

"행복하면 부자는 저절로 되는 거더라고. 근데 부자가 목표인 사람은 절대 행복해지지 않아."

부자였던 적이 없던 나는 부자가 왜 행복하지 않은지 알 수 없었다.

"왜요?"

"부자라는 목표는 밑 빠진 독에 물 붓기 같은 거야. 채워지지 않으니 행복해지지도 않지."

누나는 물에 잠긴 도시를 살아서 마주 보고, 그 한가운데서 숨을 쉬자 지금부터의 인생은 덤으로 얻은 거라는 생각이 들었다고 했다. 덤이 이전과 똑같다면 그 인생은 밑 빠진 독이나 마찬가지라고도 했다.

누나의 가치 순위를 바꾼 저 물은 만 권의 책이나 백 년을 산 사람의 시간 같은 걸까. 나는 누나가 남자 친구와 함께 부자가 됐으면 좋겠다고 생각하며 누나를 살린 창문으로 사라져 버린 도시를 내려다봤다. 등 뒤에서 허밍으로 부르는 노랫소리가 애잔하게 들려왔다. 음악을 들을 수 없어서 누나는 노래를 자주 불렀다. 노래는 끔찍한 현실을 잊고 견디기 위한, 누나에게 하나 남은 수단 같았다.

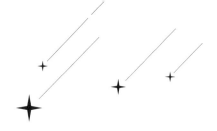

감자 먹는 사람들 자리

밤은 어두웠다.

밤에는 원래 어디나 어둡지만 도시는 밤에도 대낮처럼 환한 날들이 많았어서 어둠이 부당하게 느껴졌다. 아저씨는 전기가 들어오려면 오래 걸릴 거라고 했다. 촛불인지, 랜턴인지 알 수 없지만 몇 군데서 빛점이 반짝거리기도 했다. 샘 아저씨는 전깃불이라면 태양열로 얻은 빛일 거라고 말했다. 살아남은 사람들은 여기저기서 나름대로 살 방도를 찾아 나서고 있었다.

그러나 우리와 같은 층에서 지내는 윤씨 아저씨는 그렇지 않은 것 같았다. 오늘도 윤씨 아저씨가 복도 끝 창문 앞에 그림자처럼 서 있다. 어두워서 잘 보이지 않지만 우리는 윤씨 아저씨란 걸 알고 있다. 아저씨는 죽을 방도를 찾는 사람처럼 항상 창밖만 내다보며 지내니까.

먹구름이 잠깐 걷힌 사이 샹들리에 같은 큰 달과 꼬마전구 같은 수억 개의 별빛에 혜미의 얼굴이 희미하게 보였다. 달빛은 검은 바다 위에서 노란 춤을 췄다. 아래층 창에서는 란희 누나가 부르는 노래가 아련하게 들려왔다.

"차라리 밤이 나은 것 같아."

혜미가 아침보다 덜 떨리는 목소리로 말했다.

"왜?"

내가 물었다.

"아무것도 안 보이니까, 아무 일도 없었던 것 같아서. 정말 고요해."

혜미가 하늘을 올려다봤다. 하지만 우리는 고요함을 믿어선 안 된다는 걸 잘 알고 있었다. 저것은 위장일 뿐이다.

"별이 저렇게 많은 줄 몰랐어. 하늘에 꽉 찼어. 물처럼."

혜미에게 밤은 세아가 아침에 꾼 향기로운 꿈 같은 게 아닐까, 하는 생각이 들었다. 하지만 꿈이란 깨기 마련이듯, 밤이 지나고 아침이 찾아오면 세상은 우리에게 닥친 악몽을 환하게 보여 줄 것이다. 혜미가 세아처럼 아침에 일어나자마자 울어 버릴까 봐 혜미를 이 밤에 오래 머물게 하고 싶었다. 그래서 말했다.

"혜미야, 물속은 밤에 꾸는 꿈 같은 거야."

혜미가 나를 향해 고개를 돌렸다. 수면에 비친 달처럼 혜미의 검은 눈동자가 반짝였다.

"어두워서 우리가 밤을 알 수 없는 것처럼, 물속도 알 수 없는 곳이야."

혜미가 물 위에서 출렁이는 달빛으로 시선을 떨구었다.

"대신 밤에 우리는 꿈을 꾸잖아. 알 수 없지만 꿈을 꾸는 것처럼 몽환적인 곳이 물속이야."

"악몽이란 것도 있잖아."

혜미가 손등에 턱을 괴었다.

"맞아. 물속도 마냥 아름답지만은 않아. 심사가 뒤틀리면 위험하고 무시무시하게 돌변하기도 해."

"지금은 악몽인 거겠지."

두려움과 체념이 뒤섞인 목소리였다.

"낮과 밤이 왜 있는 줄 알아?"

내가 물었다.

"왜 있는데?"

"낮에는 사람이란 별을 보고, 밤에는 하늘의 별을 보라고."

혜미가 눈을 돌려 다시 하늘을 올려다봤다.

"그럼 별을 실컷 보라고 저렇게 됐나 봐. 그동안 사람들이 하도 별을 안 봐서, 다른 사람까지 별을 못 보게 밤에도 불을 환하게 켜 놓고 살아서, 지금부터라도 보라고 다 꺼 버렸나 봐."

"우리 잘못인지도 몰라."

"질리게 보면 원래 있던 곳으로 돌려보내 줄까."

나는 대답하지 않고 별을 봤다. 태어나 지금까지 봤던 별을 오늘 밤 다 보는 것 같았다. 평생 헤아릴 별의 개수를 지금 다 헤아리는 것 같았다. 질리도록 별만 볼 수 있게 밤이 계속됐으면 좋겠다고 생각했다. 언제까지라도 헤아려 줄 테니. 물에 잠긴 저 기이한 도시가 보이지 않게.

"별도 섬 같네."

혜미가 말했다.

"그래도 이을 수는 있어."

혜미가 손등에 괴고 있던 턱을 들어 나를 쳐다봤다.

"이으면 별자리가 돼. 사람들은 무언가를 외롭게 두는 걸 좋아하지 않아서 별을 이어서 이름을 붙였어. 이름이 생기면 힘도 생겨."

"이렇게?"

혜미가 갑자기 내 손을 잡았다. 그날 내가 혜미 손을 잡았던 것처럼. 혜미와 나를 이으면 어떤 별자리가 될까. 세아와 아저씨 그리고 루나까지 이으면 이름을 지을 수 있을까. 나로 인해 혜미는 이 밤에 조금이라도 오래 머물렀다고 느꼈을까.

망망대해에서 길잡이가 되어 주는 건 별자리다. 물은 도시를 삼켰지만 밤하늘의 별자리는 변하지 않고 그 자리에 머물러 있었다. 그리고 윤씨 아저씨도 창 앞에 그대로 서 있었다. 란희 누나가 부르는 담담한 노래도 그대로였다.

다섯 개의 별을 선으로 잇자 성좌가 된 것처럼, 루나와 우리 네 사람은 테이블에 모여 앉아 낮에 그물로 잡아 온 것으로 식사를 했다. 우리는 테이블 중앙에 촛불 대신 수중 랜턴을 올려놓고 천천히 먹었다. 세아가 눅눅한 비스킷을 베어 문 채 테이블을 둘러보며 말했다.

"〈감자 먹는 사람들〉 같아."

식사를 하다 말고 모두 세아 쪽으로 고개를 돌렸다. 심지어 루나도 통조림을 먹다 말고 고개를 들었다. 혜미가 우리의 얼굴을 하나하나 뜯어보더니 말했다.

"진짜 그러네. 고흐가 그린 〈감자 먹는 사람들〉."

나도 그 그림에 대해서라면 안다. 다섯 명의 남루한 사람들이 테이블에 둘러앉아 램프 아래서 감자를 먹는 그림. 가느다란 램프 불빛 때문에 그림의 분위기는 어두침침하고, 감자 먹는 사람들의 거친 얼굴에서는 가난과 노동의 피로가 실감 나게 꿈틀댄다. 사방이 어두운 가운데 랜턴 불빛을 받은 우리 얼굴도 고흐의 그림처럼 짙게 음영 져서 가난하고 지쳐 보였다.

"감자 먹는 사람들도 다섯인데 우리도 다섯이야."

세아가 비스킷을 마저 먹으며 말했다. 둘 다 다섯이라 좋아하고 안심하는 것 같았다. 조금 밝아진 표정의 세아는 집을 나올 때 메고 왔던 배낭에서 『어린이를 위한 미술 이야기』란 책을 꺼냈다. 배탈 난 세아의 부탁으로 보름 전 내가 도서관에서 빌려 온 책이다. 아쉽게도 누군가가 그림을 칼로 오려 가서 페이지마다 구멍이 숭숭 뚫려 있었다. 그날 세아는 미술책은 그림이 생명인데 확인도 안 하고 빌려 왔냐면서 배를 움켜쥐며 화를 냈었다.

그림 감상을 좋아하는 세아가 나한테 고흐의 〈감자 먹는 사람들〉을 보여 준 적이 있었다.

"오빠, 얘는 왜 등을 보이고 앉아 있을까? 모자도 안 썼어."

세아는 그림 속에서 혼자만 모자를 쓰지 않은 채 뒤돌아 앉아 있는, 가운데 여자애를 손가락으로 가리키며 물었다. 여자애의 얼굴을 몹시 궁금해하는 목소리였다.

"그림에서는 안 보이지만, 여자애가 어떤 표정을 짓고 있을 것 같아?"

세아는 미간을 찌푸리며 곰곰이 생각하더니 대답했다.

"행복한 표정일 것 같아."

"왜?"

"모자를 안 썼으니까."

왠지 나도 그럴 것 같았다. 그 소녀만은 피곤하고 지쳐 보이는 다른 사람들과 달리 미소 짓고 있을 거라고. 아니, 어쩌면 그랬으면 좋겠다고 생각했는지도 모르겠다. 고흐도 그렇게 생각하라고 소녀의 얼굴을 보여 주지 않은 게 아닐까.

세아가 루나를 끌어안으며 작은 목소리로 말했다.

"엄마, 아빠, 할아버지, 오빠, 나. 우리 가족도 다섯 명이야."

세아는 고흐의 그림이 잘려 나간 책을 시무룩하게 들여다봤다. 세아는 우리 가족이 다섯이라 고흐의 〈감자 먹는 사람들〉을 좋아하는 걸까.

그때 바람이 촛불을 꺼 버린 것처럼 랜턴 불빛이 스르르 꺼져 버렸고, 지독한 어둠만 남았다. 그러나 아무도 당황하지 않고 놀라지도 않았다. 그저 테이블의 음식을 더듬더듬 찾아서 먹었다. 서로를 위해 다들 참았을 거라고, 나는 생각했다.

우리가 별이었다면 한자리에 모인 다섯 개의 점은 선으로 이을 수 있을 만큼 또렷하게 반짝였을 것이다. 그리고 누군가는 새로 탄생한 별자리에 이름을 지어 줬을 것이다. 다섯이 똑같은 이름을 갖는다면, 같은 이름으로 묶이고 불린다면 당분간은 버틸 수 있으리라. 나는 어둠 속에서 저 우주 어디에도 없는 새로운 별자리를 바라보며 이름을 떠올렸다.

감자 먹는 사람들 자리.

헤미와 세아, 루나는 책상을 붙이고 그 위에서 같이 잠을 잤다. 깊이 잠들었는지 쌔근거리는 숨소리가 들려왔다. 그 숨소리에 마음이 편안해졌다. 밖에서는 빗소리와 파도 소리가 동시에 들려왔다. 파도, 바다의 심장이 뛰는 소리. 그 두근거리는 소리를 들으며 잠들었다 두근대는 내 심장 소리에 깨어나는 삶을 오래전부터 바라 왔다. 하지만 이런 방식은 아니었다. 바다는 내가 원할 때 찾아가는 것이었지 이토록 폭력적인 방식으로 갑자기 찾아올 거라고는 상상도 못 했다. 빌딩 가까이 들려오는 파도 소리와 그 파도에 슥슥, 끅끅, 잔해가 밀려오는 소리가 편안해진 숨을 답답하게 만들어 버렸다. 물에 잠긴 빌딩을 떠올리자 엉덩이 하나 간신히 걸칠 수 있는 절벽 섬에 홀로 선 기분이 들었다. 내가 뒤척이자 아저씨가 가만히 내 이름을 불렀다.

"세호야."

깜깜한 어둠 속에서 들려오는 아저씨의 침착한 목소리가 나를 구해 주는 듯했다. 심해 다이빙 중 공기탱크가 고장 났을 때 아저씨가 자신의 공기를 나눠 주었던 것처럼. 기절하려는 순간 숨을 쉬게 해 주었던 그날처럼.

"두렵니?"

아저씨는 물이 두렵니? 라고 묻는 것이었다. 다이버가 물을 두려워하면 끝나는 거니까 던진 말이었다. 나는 뭐라고 대답해야 할지 알 수 없었다.

"걱정 마라. 내가 있으니까. 네 옆에는 항상 내가……."

"아저씨."

"우린 버디잖니."

버디.

"난 두렵지 않다. 내 옆에는 네가 있으니까."

"그렇죠. 전 아저씨 버디니까요."

스쿠버 다이빙에 입문하고 '버디'라는 멋진 시스템에 대해 배웠을 때, 내 첫 번째 꿈은 아저씨의 버디가 되는 것이었다. 버디는 물속에서 나와 일정 거리 이상 떨어지지 않게 다이빙을 하며 나를 지켜 주고 보호해 주는 짝을 말한다. 다이빙 중 서로의 안전과 목숨을 끝까지 맡아 주고 챙겨 주는 무조건적인 관계. 버디는 물속에서뿐만 아니라 물 밖에서도 다이빙의 모든 시작과 끝을 함께하고 돕는 사이다. 서로에게 없어서는 안 되는 숨 같은 존재. 호흡 기체가 떨어졌을 때 내게 숨을 불어넣어 줄 유일한 친구. 물속에서는 버디가 나고, 내가 곧 버디가 된다. 다이빙은 안전을 위해 물 밖으로 나오는 마지막 순간까지 반드시 짝 다이빙으로 이루어져야 한다. 다이빙 신이라고 해도 절대 혼자 물속에 들어가서는 안 된다.

나는 샘 아저씨만큼 실력을 쌓아 아저씨를 보살피고 지켜 줄 버디가 되고 싶어서 정말 열심히 훈련을 했다. 그리고 아저씨를 따라다닌 지 칠 년째 되던 해, 드디어 꿈을 이루었다. 나는 아저씨의 버디가 되었고, 아저씨는 나의 버디가 되었으니까. 공식적인 한 팀의 일원으로 고난도 동굴 탐사 다이빙을 완벽하게 마무리해 까다로운 아저씨의 버디로 인정을 받았으니까.

우리는 거추장스러운 대화 한마디 없이도 상대를 너무나 잘 알았고, 거짓말도 믿을 만큼 돈독한 사이였지만 아저씨가 나를 버디라고 명명해 주자 감격스러웠다. 아저씨가 직접 버디라고 말해 준 건 오늘이 처음이었다. 다이빙 경력 삼십육 년과 팔 년도 물속에서는 동등한 버디가 될 수 있다. 물속에서 나를 지켜 줄 듬직한 버디가 있기에 두렵지 않았다. 아니, 두려울 수 없었다.

나의 버디, 샘 아저씨는 삼십육 년 동안 총 사천이백 회 이상의 다이빙을 했다. 스쿠버 다이빙 연구소와 아카데미 센터를 이끌고 있고, 수중 동굴과 난파선 탐사, 해양 조사, 계류 심해 장비 회수, 해양 과학 잠수, 산업 잠수, 인명 구조 등 특수 잠수 용역 회사도 운영하고 있다.

아저씨는 한국 태생이지만 초등학교 입학을 앞두고 아버지의 사업 때문에 미국으로 이민을 갔다. 그리고 미국에서 맞은 첫 여름방학 때 가족과 떠난 괌 여행에서 체험 다이빙을 한 후 스쿠버에 빠져들었다고 했다. 아저씨에게 투명하고 깨끗한 바닷속은 다른 세계였다. 그곳은 지구 안의 작은 우주였고, 어두워지면 누구나 볼 수 있는 별의 세계와는 또 다른 우주여행이었다. 아저씨 나이 여덟 살 때였다. 그날부터 아저씨의 인생 조류는 줄곧 스쿠버 다이빙으로만 흘러갔다.

스쿠버 다이버를 직업으로 삼고 아저씨가 선택한 첫 업무는 워터 해저드에 빠진 골프공을 회수하는 일이었다. 돈을 많이 번다고 해서 시작한 일이었고, 실제로 저택에 살 만큼 많이 벌었다고 했다. 문제없이 잘 흘러가던 아저씨 인생의 조류가 급류처럼 방향을 튼 건 다이빙 중 버디를 잃는 사고를 당하고서였다. 항상 버디와 함께해야 한다는 버디 시스템을 지키지 않아서 생긴 비극이었다.

깊은 자책과 트라우마에 빠진 아저씨는 한동안 물 근처에도 갈수 없었다. 아저씨의 버디는 결국 시신조차 찾지 못했고, 유족들은 남은 생을 고통 속에서 살아야 했다. 그리고 아저씨는 물속에서 골프공이 아니라 의미 있는 걸 찾는 다이버를 꿈꾸며 한국으로 돌아왔다.

버디는 물속에서만 나를 지켜 주는 게 아니었다. 아저씨의 침착하고 믿음직한 말을 듣고 나자 답답함이 누그러졌다. 나는 밖에서 들려오는 빗소리와 파도 소리에 맞춰 심호흡을 하며 서서히 잠이 들었다.

그러나 이틀 후, 물이 계단 두 칸을 삼켜 버렸다.

*

바다에 물결이 졌다. 아저씨는 그것을 '바다의 주름'이라고 불렀다. 바다는 그 주름으로 움직이고 청소도 하며 산다. 바다는 큰 바람을 만나면 물결이 커져서 뒤섞인다. 그렇게 한 번씩 뒤집어져야 플랑크톤이 올라와 생태계가 활성화되고 자정 작용도 돼서 물이 깨끗해진다. 물결이 멈추면 물은 죽어서 썩는다. 그러나 바다는 영원히 죽지 않고 살아남을 것이다. 주름이 살릴 거고 주름으로 젊어질 거라 인간보다 오래 지구에 남을 것이다. 그리고 주름은 바다의 무빙워크이기도 해서, 고무보트에 탄 우리를 우리가 원하는 곳으로 데려다주었다.

아저씨는 지구의 커다란 몸부림이 한 차례 더 올 거라면서 수시로 바다와 구름의 움직임을 살폈고, 사람들에게는 경계를 늦추지 말라고 알렸다. 잿빛 구름 잔뜩 낀 하늘에서 그쳤던 비가 한 방울씩 떨어지자 아저씨는 노를 빨리 저었다. 나는 물 위를 떠다니는 과자 봉지나 쓸 만한 것들을 발견하면 보트로 건져 올렸다. 그때 등을 보이고 떠 있는 두 구의 시체가 보트를 스쳐 지나갔다. 이렇게 얼굴을 보지 않으면 그나마 괜찮은데, 하늘을 향한 자세로 떠가는 주검을 만나면 현실을 견디기가 쉽지 않았다. 나는 모르는 사람이지만, 누군가는 그들을 애타게 찾고 있을 것이기에.

오늘도 살아남은 사람들은 각자의 방식으로 만든 가지각색의 배를 타고 잔해와 주검 사이를 오갔다. 생필품을 찾아서. 안부를 찾아서. 포인트에 보트를 대며 아저씨가 말했다.

"탱크로 하자. 다음부터는."

공기탱크를 메고 다이빙을 하자는 얘기였다. 탱크로 다이빙을 하면 잠수를 길게 할 수 있어서 훨씬 많은 것들을 건져 올 수 있다. 여유를 가지고 오랫동안 물속 도시를 거닐 수도 있다.

"더 늦어지기 전에 혜미네 가 봐야지. 너희 집도."

나는 고개를 끄덕였다.

오늘의 다이빙 포인트는 빌딩 오른쪽 오십 미터 지점에 있는 편의점이다. 도시에 편의점이 많아서 다행이었다. 사람이 많은 곳이었으니 편의점이 많은 건 당연했다. 그런데 그 많은 사람들은 어떻게 됐을까. 모두 어디로 가 버렸을까. 어떻게 됐기에 도시가 이토록 고요하고 한산할까. 불 꺼진 물속 편의점은 사람이 없어서 사막에 덩그러니 놓인 무인 가게 같았다. 다행히 지난번에 갔던 편의점보다는 공간이 커서 진입하기가 수월했고, 물건도 훨씬 많았다. 혜미가 구해 달라고 수줍게 부탁한 것도 있었다.

점심을 먹자마자 다이빙을 나가려고 장비를 챙기고 있을 때였다. 혜미가 루나를 안고 내 앞에서 주저하다 세호야, 하고 불렀다. 나는 오리발을 집어 들다 말고 혜미의 얼굴을 쳐다봤다. 혜미는 루나의 꼬리를 만지작거리며 꾸물댔다. 저기, 그게, 하며 루나의 긴 꼬리를 자신의 집게손가락에 돌돌 감았다. 너무 바짝 감아서 아팠는지 루나가 몸을 획 돌려 혜미의 손등을 할퀴어 버렸다. 피가 났지만 혜미는 그날처럼 루나를 손에서 놓지 않았다.

"괜찮아?"

내가 놀란 얼굴로 자리에서 일어나자 혜미는 괜찮다며 손등을 허리 뒤로 감추었다.

"할 말 있어?"

장비를 마저 챙기며 내가 물었다.

"저기······."

혜미가 입술을 살짝 깨물었다.

"말해. 괜찮으니까."

"있지, 나, 그것 좀 구해다 줘."

"그거, 뭐?"

"내가······ 그날······ 이라서."

혜미가 한쪽 눈을 살짝 감고 고개를 숙이자 긴 머리카락이 난처해하는 얼굴을 가렸다.

"그날?"

"······."

바보같이 나는 한참만에야 그 뜻을 알아차렸다.

"어, 그래. 그날, 나도 알지. 어."

나는 다녀올게, 라고 말하며 얼른 계단을 타고 내려와 물속으로 뛰어들었다. 급하게 오느라 어떤 브랜드를 쓰는지 묻지 못했고, 날개형과 일반형이 있다고 들었는데 그것도 확인하지 못했다. 그래서 나는 종류별로 다 담았고, 혜미가 앞으로 지내는 데 불편하지 않도록 잠수하는 내내 생리대만 찾아다녔다. 그것은 혜미뿐만 아니라 란희 누나와 옥주 아줌마, 지유 이모 등 빌딩의 다른 여성들에게도 필요한 물건이었다. 왜 미처 생각하지 못했을까. 나는 편의점을 나오며 머리를 쥐어박았다.

해일이 도시를 덮친 다음 날, 나는 어둠이 걷히자마자 빌딩 5층 창틀에 걸터앉아 망해 버린 도시를 내려다봤다. 한 방울씩 떨어지기 시작한 비가 얼굴을 스쳤다. 시리도록 푸르스름한 새벽빛과 회색빛 하늘 아래, 물은 언제 그랬냐는 듯, 뻔뻔하다 싶을 만큼 잠잠하게 출렁였다. 바다 끝에는 비구름과 수평선이 맞닿아 있었다. 죽은 물고기 떼처럼 떠다니는 잔해만이 참상을 물 위에 똑똑히 기록하고 있었다. 잔인한 현실과 참담한 고통을 끝도 없이 나열하고 있었다. 똑같은 장면을 무한 반복해 보여 주고 있었다. 악마가 휘갈겨 쓴 짧은 시, 되풀이되는 어휘, 단조로운 운율, 잔인한 은유.

나는 어디까지 쓰여 있는지 알 수 없는 그 기록을 읽어 내느라 바빴다. 무너진 집을, 엔진이 꺼진 차를, 껍질처럼 벗겨진 옷가지를, 손때 묻은 살림살이를, 사랑받았을 반려동물을, 누군가를 사랑했을 사람을. 슥슥, 끅끅. 물이 무덤덤하다 못해 평화롭게 점을 찍고 획을 긋고 있어서 무서웠다. 나도 거기에 동화되어 무덤덤해질까 봐 겁이 났다. 그 엄청난 분량을 어떻게 이해하고 받아들여야 할지 막막해서 온몸의 근육이 풀렸다.

순간 귀가 멀어 버린 듯 아무것도 들리지 않았고, 목소리를 잃은 듯 조그마한 탄식조차 나오지 않았다. 허파에 물이 찼는지 갑자기 숨이 쉬어지지 않았다. 아무래도 내가 죽은 것 같았다. 죽지 않았다면 곧 죽을 것이다. 죽지 않은 게 오히려 이상하니까 조만간 죽을 것이다. 분명한 건 바다는 저러다가도 자기 몸에 쓴 기록을 흔적도 없이 지울 것이었다. 파쇄해 가라앉힌 뒤 철면피처럼 다시 무구한 얼굴로 우리를 대할 것이었다.

그때 어디선가 소리가 들려왔다. 귀도 성대도 잃어버린 적막 속에서, 죽어가는 회색빛 기록 속에서 빨간 꽃망울을 터트리듯 허우적대는 소리와 살려 달라고 외치는 목소리가 들렸다. 공기와 물의 파동을 따라가자 자동차 창틀에 간신히 매달린 여자애가 보였다. 한쪽 손에는 무언가를 움켜쥐고 있었다. 자세히 보니 노란 새끼 고양이였다.

고양이를 쥔 여자애는 힘이 빠져서 물속으로 가라앉았다 솟아오르기를 반복하며 서쪽으로 흘러가고 있었다. 고양이를 놓고 두 손으로 창틀을 붙들 수 있는데도, 여자애는 허우적대면서도 고양이 쥔 손을 잠기지 않게 하려고 온 힘을 다했다. 자신을 지키려는 게 아니라 고양이를 살리려는 것처럼 보였다. 설상가상으로 빗줄기까지 거세졌다.

나는 망설임 없이 창에서 뛰어내렸다. 빠른 속도로 잠수해 여자애 쪽으로 헤엄쳐 갔다. 도착하자 자맥질을 멈춘 팔다리가 보였다. 나는 고양이를 쥔 그 하얀 손이 물속으로 잠기려는 순간 움켜쥐고 끌어올렸다. 조금만 늦었어도 큰일 날 뻔했지만, 고양이를 안전하게 붙들고 있는 걸 보니 정신을 완전히 잃은 것 같지는 않았다. 나는 여자애의 목을 끌어안고 헤엄쳐서 빌딩으로 무사히 데리고 왔다.

나는 바닥에 누워 가쁜 숨을 내쉬는 여자애한테 물었다. 왜 고양이를 놓지 않았느냐고. 나뭇가지에 아슬하게 매달린 새끼 고양이를 구하려고 헤엄쳤을 때, 자기가 있던 자리로 건물 벽이 무너져 내렸다고 했다. 여자애는 고양이가 자신을 살렸다고 믿었고, 그래서 고양이를 차마 손에서 놓을 수 없었다고 젖은 숨으로 말했다. 그 애는 그때까지도 고양이를 놓지 않고 있었다. 그리고 고양이를 놓지 않은 그 손을 내가 잡았다. 어쩌면 또 다른 누군가가 내 손을 잡아 줄지도 모르겠다고 생각하면서.

마지막 잠수를 마치고 아저씨와 함께 수면 위로 올라오자 빗줄기가 굵어져 있었다. 물 밖으로 삐죽삐죽 솟은 건물들이 어슴푸레하게 보였다. 빗방울은 수직으로 쏴아, 하고 내리꽂히며 바다로 녹아들었다. 소용돌이치는 구름이 제아무리 몸을 비틀어 물을 짜내도 바다는 젖지 않았다. 빗방울이 아무리 많은 동그라미를 물 위에 그려도 무늬들은 금방 사라져 버렸다. 한패니까 그런 거라고, 나는 생각했다. 물과 한패가 아닌 우리는 눈앞이 하얘질 정도로 내리는 비를 맞으며 빌딩으로 돌아갔다.

빌딩에 도착하자마자 혜미가 부탁한 물건을 검은 봉지에 싸서 주었다. 혜미는 부탁할 때처럼 받을 때도 쑥스러워하는 얼굴로 고맙다고 말했다. 나는 주머니에서 아쿠아 밴드를 꺼냈다. 편의점 옆 건물에 약국이 있어서 비상약으로 쓸 만한 것들을 이것저 것 챙겨 왔다. 옥주 아줌마가 그저께부터 당부했던 감기약과 지유 이모가 소심한 목소리로 부탁한 모기 기피제 그리고 민규 형의 식염수도.

루나가 할퀸 혜미의 손등 상처는 제법 깊었다. 나는 혜미의 손목을 잡은 뒤, 내 무릎에 올려놓고 밴드를 붙여 주었다. 혜미가 손으로 밴드를 만지작거리며 물었다.

"물속은 어떤 곳이야?"

내가 과거에 다이빙했던 곳을 말하는 건지 오늘 다녀온 물속 도시를 말하는 건지 알 수 없었다. 나는 창문 너머로 빌딩들이 절반 넘게 잘려 나간 도시를 바라봤다. 아니, 물을 바라봤다. 물은 여전히 무섭게 넘실대고 있었다.

"파라다이스."

나는 과거를 말했다.

"그리고 우주."

과거를 말하고 싶었다.

"그렇게 신비한 곳이야?"

혜미가 공포보다는 궁금해진 얼굴로 물었다.

"지상에서 볼 수 없는 것들이 많으니까. 지구의 칠십 퍼센트가 바다잖아. 어디서도 본 적 없는 빛깔, 물고기 떼, 신기한 모양의 산호초. 그리고 고요와 평화, 행복. 항상 내 상상을 뛰어넘는 곳이었어."

혜미는 이해할 수 없다는 표정이었다. 지금의 물속을 상상하고 있어서라고 생각했다. 방금 내가 말한 것들은 저 물을 두고 한 말이 아니니까.

"저 물속 도시도 지상에서는 볼 수 없는 거라, 봐 본 적도 없는 거라 신비하긴 하겠다. 상상을 넘어서는 곳이라 재밌긴 하겠다. 저런 끔찍한 상상을 누가 하겠니?"

혜미가 증오를 담아 말했다. 그러고는 창문 너머를 무표정한 얼굴로 한참 응시하다 결기 서린 목소리로 말했다.

"가르쳐 줘."

나는 혜미의 부릅뜬 눈을 똑바로 쳐다봤다.

"잠수하는 법."

혜미는 '그날' 이후 물속은 들어가면 몸이 떠오르는 게 아니라 늪처럼 빠져나올 수 없는 곳이 된 것 같다고, 그래서 수영하는 법을 잊어버렸다고 떨리는 목소리로 말했었다. 혜미가 잠수를 배우려는 건 곤란하거나 불편한 부탁을 피하기 위해서가 아니라 더 이상 물러설 수 없다는 걸 깨달아서라고, 나는 생각했다.

어디 한번 물러서지 말아 보라는 듯, 그날 밤 폭우로 불어난 물이 계단 한 칸을 삼켜 버렸다.

＊

어렸을 때 나는 한없이 어둡고 우울한 아이였다. 내성적인 성격 탓에 친구 사귀는 법을 몰라서 외톨이였고, 아무데도 쓸데없는 잉여 인간이었다. 그렇다 보니 불평불만은 일상이었고, 사고는 부정적이었으며, 나만 불행하다는 생각에서 빠져나오지 못했다. 당장 내가 죽어도 슬퍼해 줄 사람이나 장례식에 찾아와 미안했다고 용서를 빌 사람도 없을 것 같아서 죽는 것도 일찌감치 포기했다.

당연히 공부에는 소질이 없었고, 그런 골치 아픈 걸 왜 해야 하는지, 학교는 왜 다녀야 하는지 알 수 없어서 매일 괴로웠다. 좋아하거나 잘하거나 관심 가는 것도 없었다. 정말 없었다. 아무것도, 없었다.

그러자 내게 아무것도 없다는 걸 눈치챈 아이들에게 무시를 받기 시작했다. 무시는 '때려도 된다'는 생각으로 이어졌다. 아무것도 없는 애라 맞아도 아픈 게 뭔지 모르는 바보일 거라 생각했는지, 아이들은 내게 욕을 하고 발로 차고 주먹으로 때렸다.

처음에는 정말 때리는 족족 스펀지가 물을 흡수하듯 맞고만 살았다. 아무것도 없어서 그런가, 몇 번은 아픈 것 같지도 않았다. 며칠 지나면 상처가 금방 낫기도 했고, 참을 만도 했다. 아홉 살 무렵의 일이었다.

훗날, 나이를 더 먹고 그 시절을 떠올리며 문제의 근원에 대해 생각해 본 적이 있었다. 그때의 나는 이야기할 상대가 없었다. 엄마와 아빠, 할아버지는 떡을 빚느라 휴일도 없이 바빴다. 그래서 집에 돌아오면 혼자 밥 먹고 TV를 보다 잠이 들었다.

그러던 어느 날, 같은 반 아이가 내게 또 욕을 하고 발로 찼다.

"너희 엄마 아빠는 떡 치는 일을 한다며? 할아버지는 절름발이라며?"

그렇게 놀리면서 때렸다. 이유 없이 무턱대고 맞는 것과 이유를 알고 맞는 것은 달랐다. 처음으로 꼭지가 돌았다. 적어도 그게 맞는 이유가 될 수 없고, 되어서도 안 된다는 걸 알아서였다. 내가 아무것도 없는 사람이 아니란 걸 깨달아서였다. 나에게도 가족이 있다는 걸 안 순간, 맞은 데가 참을 수 없이 아팠다. 내가 얼마나 아프고 고통스러운지 똑같이 알게 해 주고 싶어서, 딱 그만큼만 욕을 하고 발로 차고 주먹으로 때렸다. 그 아이는 죽은 것처럼 피를 흘리며 쓰러졌다. 결국 그 아이의 말에 내가 죽을 만큼 아팠던 셈이다.

부모님이 학교에 불려 가던 날, 할아버지는 한마디 말도 없이 내 손을 잡고 어딘가로 끌고 갔다. 할아버지가 다리를 절뚝거리며 도착한 곳은 스쿠버 다이빙 아카데미 센터였다. 시커먼 옷, 복잡하고 무거워 보이는 장비, 작은 가스통처럼 생긴 것들 너머로 파란 바닷속을 헤엄치는 잠수부 사진이 걸려 있었다. 아쿠아리움에서 보던 장면과 비슷했지만 뭔가 더 그럴듯해서 자꾸 눈길이

갔다. 할아버지와 샘 아저씨가 이야기를 나누는 동안에도 나는 줄곧 그 파란 사진만 쳐다봤다.

할아버지가 샘 아저씨한테 부탁한 건 딱 두 가지였다.

"이놈 머릿속에 아무것도 없게 해 주시오."

원래 아무것도 없는데 거기서 뭘 더 없애 달라는 것인지. 나는 할아버지를 이해할 수 없었다. 아무 짓도 못하게 진짜 나를 바보로 만들 생각일까. 할아버지는 아저씨한테 넙죽 고개 숙이며 한마디를 더 했다.

"이놈 마음을 편안하게 해 주시오."

나는 그 말에 울고 말았다.

할아버지는 나를 아저씨한테 맡기고 절뚝거리며 사무실을 나갔다. 그 쓸쓸하고 흔들리는 뒷모습을 나는 아직도 잊지 못한다.

교육을 다 받고 나서야 할아버지가 최고의 스쿠버 강사를 찾기 위해 잘 하지도 못하는 인터넷을 밤새 뒤졌다는 걸 알았다. 그리고 멀쩡한 다리를 가졌을 때 할아버지의 꿈이 스쿠버 다이버였다는 사실도.

그날로 나는 아저씨의 교육생이 되었다. 교육 과정은 이론 교육, 수영장 교육, 해양 실습으로 구성되어 있었다. 아저씨는 첫인상대로 말수 없고 침착하고 진중한 스타일이었고, 스타일대로 수업도 기본과 실전, 안전을 중심으로 진행했다.

첫 다이빙에 성공했을 때가 생각난다. 마음이 느긋해지면서 놀랍게도 무념무상의 상태가 찾아왔다. 다른 차원에 도착한 것처럼 그동안 나를 괴롭혔던 먼지 같은 세상일과 나를 때렸던 놈들의 얼굴이 하나도 생각나지 않았다. 그런 고통들이 다 무엇인가 싶어지자 미움은 물에 사르르 녹아 사라졌다. 왜 나만 불행한가, 같은 생각에서도 빠져나왔다. 그보다 물속의 나와 내 숨소리, 기꺼이 어린 나의 버디가 되어 준 아저씨에게 집중하자 편하게 쉬는 듯한 느낌이 찾아들었다.

그 후 바다를 품은 나에게는 모든 걸 품을 수 있는 품이 생겼고, 기본과 원칙을 지키자 더 이상 문제가 될 일은 생기지 않았다. 여전히 나를 무시하는 아이들이 있었지만 바다를 모르는 시시한 놈들이라 내 쪽에서 무시하고 더 깊고, 더 넓고, 더 푸르고, 더 아름다운 바다를 향한 도전과 탐험 계획을 짜는 데 몰두했다.

무엇보다 나는 혼자가 아니었다. 내게는 듬직한 버디가 있었다. 모든 걸 털어놓고 이야기할 수 있고, 해야만 하는 샘 아저씨가. 물속 안전을 위해 물 밖의 고민을 말할 수 있는, 신뢰할 수 있는 상대가. 내가 고민을 이야기하면 아저씨는 그 고민을 물속 깊이 가져다 놓고 깨끗하게 빨아 주었다.

깊은 다이빙을 마치고 나와 쉬는 첫 호흡에는 애쓰지 않아도 많은 생각이 스며들었다. 심해를 보고 나오면 못할 것도 없었고 무서울 것도 없었다. 이제는 나만 너무 행복한 게 아닐까 미안한 마음이 들 정도였다.

물속의 신비로움을 만나면 물 밖의 신비로움도 결국 찾게 되었다. 나는 작고 사소한 일에도 행복해하고 감사할 줄 알게 되었다. 아무것도 아니거나 의미가 없는 건 세상에 존재하지 않는다는 걸 깨달았다. 세상 어디에도 하찮게 취급받아야 할 인생은 없었다. 나중에는 고통과 불행조차 나름 쓸모가 많아서 행복으로 가는 길목마다 배치해 두는 거라는 생각까지 하게 되었다. 정말로 할아버지가 내게 머릿속을 비우고 마음을 편하게 만들 방법을 찾아 준 것이었다.

그리고 그해 겨울, 크리스마스이브에 선물 같은 세아가 태어났다. 이야기하기를 좋아해서 내게 자주 말을 걸어 주는 신비한 아이였다.

가늘어진 빗줄기에 물결이 잠잠해지자 세아의 불안도 수그러들었다. 내내 아무것도 먹지 않고 침대에 누워만 있던 세아가 일어나 빵과 우유를 찾아 먹었다. 아저씨는 기다렸다는 듯 양초를 하나 더 꺼내 불을 붙였다. 랜턴 배터리를 아껴야 해서 밤에는 양초로 어둠을 밝혔다. 세아는 어두운 걸 싫어하지만 촛불을 켜 놓은 어둠 속에서는 아늑함을 느끼는 것 같았다. 11층 민규 형도 촛불을 켜 놔야 마음이 안정돼서 잠이 온다고 했다.

촛불 다섯 개가 테이블 위에서 일렁였다. 다섯 개의 불빛이 별처럼 반짝거려서 선으로 이으니 진짜 감자 먹는 사람들 자리가 되었다. 나는 다섯 개의 불꽃을 하나하나 쳐다봤다. 불꽃은 추위에 바들바들 떠는 것 같기도 하고, 뜨거움에 몸부림치는 것 같기도 했다.

혜미는 오랜 세월을 지나온 사람의 눈동자로 불꽃을 바라봤다. 혜미의 눈빛처럼 우리 모두 며칠 사이 많은 시간을 살아 버린 듯했다. 이보다 더한 공포와 고통은 없을 테니, 어쩌면 우리는 일생 동안 겪을 일들을 한꺼번에 압축해 겪고 있는지도 모르겠다.

세아가 빵을 한 개 더 집어 들자 안심이 된 아저씨가 소파에 누우며 말했다.

"세아야, 그림 하나 읽어 주겠니?"

나이답지 않게 세아는 그림이 재밌다며 평소 미술책을 많이 빌려 봤다. 처음에는 그림 위주로만 보다, 화가와 그림에 얽힌 이야기가 궁금했는지 책을 조금씩 읽어 나가기 시작했다. 똑똑해서 글을 일찍 깨우친 덕이었다. 그러니까 보통 아이들과 달리 세아는 미술책으로 읽기 연습을 했다. 책을 읽다가 이해가 안 되는 부분이 나오면 할아버지한테 쪼르르 달려가 물었다. 하도 많이 물어 봐서 할아버지도 찾아가며 대답해 주다 보니 미술에 조예가 생길 정도였다.

세아의 꿈은 그림을 알기 쉽고 재밌게 읽어 주는 사람이 되는 것이다. 그림에는 저마다 이야기와 사연이 있다. 없다면 새로운 이야기를 붙이면 된다. 세아는 자기만의 이야기를 만들어 내는 것도 잘했다.

"재밌는 거로 읽어 드려요, 슬픈 거로 읽어 드려요?"

세아가 빵 봉지에 공기를 불어넣으며 물었다.

"재밌는 게 좋지 않을까?"

이야기의 시작을 알리듯, 세아는 공기가 빵빵하게 든 비닐봉지를 손바닥으로 눌러서 터트렸다. 그 소리에 놀란 루나가 혜미의 품으로 파고들었다. 세아는 그림 없는 미술책을 무릎 위에 펴 놓고 책장을 뒤적였다.

"마네라는 화가 알아요?"

우리 모두 들어봤다는 듯 고개를 끄덕였다. 그러자 세아가 책을 읽기 시작했다.

"마네는 〈아스파라거스 다발〉이란 그림을 그려서 친한 미술상한테 판 적이 있습니다."

"얼마에 팔았을까?"

아저씨가 거들 듯 물었다.

"팔백 프랑에 팔겠다고 했는데 그림이 마음에 든 미술상은 이백 프랑을 더 지불했습니다."

"그림이 정말 마음에 들었나 보다. 이백 프랑을 더 얹어 줄 정도였으면."

"마네니까요."

"마네는 기분이 아주 좋았겠구나."

"좋아서, 그림을 또 그렸대요."

"어떤 그림을 그렸지?"

언제나 차분하던 아저씨가 조금 다급하게 물었다. 궁금한 건 나도 마찬가지였다. 세아는 계속 읽어 내려갔다.

"마네는 웃돈을 얹어 준 미술상 친구에게 고마움을 전하고 싶어서 작은 그림을 한 점 더 그려서 보냈습니다."

"어떤 그림이었을까?"

이번에는 혜미가 허공에 대고 들릴 듯 말 듯한 목소리로 중얼거렸다.

"아스파라거스 한 줄기가 선반에 떨어져 있는 그림이었습니다."

샘 아저씨가 고개를 들어 세아를 쳐다봤다. 세아는 책을 마저 읽었다.

"마네는 '저번에 자네한테 보낸 아스파라거스 다발에서 한 줄기가 빠져 있지 뭔가'라는 편지와 함께 그림을 보냈다고 합니다."

잠깐 정적이 흘렀고, 허공을 응시하고 있던 혜미가 손바닥을 마주치며 제법 큰 목소리로 말했다.

"아, 알겠다. 더 받은 이백 프랑어치의 아스파라거스를 그려서 보낸 거구나."

"맞아, 언니."

"참 센스 있다. 마네란 화가는."

아저씨가 웃으며 말했다.

"부자인 마네는 마음이 넓어서 가난한 인상주의 후배들을 많이 도와주었습니다. 그래서 인상주의의 그림을 한 점도 그리지 않았는데도 '인상주의의 아버지'라고 불리게 되었답니다."

"마네는 좋은 아버지였구나."

"그 그림 보고 싶네."

혜미가 다시 허공을 보며 중얼거렸다. 그 말이 신경 쓰였는지 세아가 목소리에 날을 세웠다.

"이게 다 오빠 때문이야! 바보같이 그림을 오려 간 책을 빌려 와서!"

세아는 아직도 나한테 화가 나 있었다. 그리고 우리에게 그림을 보여 줄 수 없는 걸 몹시 아쉬워했다. 비록 그림은 볼 수 없었지만, 모두 세아가 읽어 준 그림 이야기에 만족했다. 세아도 다시 기분이 좋아져서 어깨를 으쓱하며 웃었다. '그날' 이후 처음 보는 세아의 환한 웃음에 불빛이 닿는 공간이 더욱 아늑하게 느껴졌다.

조금 후, 세아가 침대에 눕자 우리도 촛불을 끄고 잠자리에 들었다. 잠이 금방 오지는 않았지만, 오늘보다 내일이 조금 더 괜찮을 것 같은 기분이 들었다.

＊　　·

약과 생필품을 나누려고 복도 끝으로 갔다. 나는 비상약이 담긴 상자를, 혜미는 생리대가 든 검은 봉지를 들었다. 감자 먹는 사람들은 빌딩 어디에나 있었다. 윤씨 아저씨는 오늘도 핼쑥한 얼굴과 텅 빈 눈동자로 반 토막 난 도시만 내려다봤다. 주변 사람들이 어두운 눈빛으로 아저씨가 여전히 밥도 안 먹고 치료도 안 받으려 한다고 말해 주었다.

'그날'은 이혼한 윤씨 아저씨가 아들을 만나기 위해 한 달을 기다려 온 날이었다. 아저씨는 다섯 살 아들과 놀이동산에서 신나게 논 뒤 저녁으로 피자를 먹고 장난감을 사서 집으로 돌아가고 있었다. 노느라 피곤했는지 아들은 조수석에서 잠들어 있었다. 아저씨는 운전 중에도 아들의 얼굴을 한번씩 들여다봤다고 했다. 같이 목욕도 하고 한 침대에서 잠도 잘 수 있다고 생각하자 행복해서 실실 웃음이 나왔다고 했다. 내일은 또 어떤 즐거움이 기다리고 있을지 상상하자 마음이 벅차오르기까지 했다고.

그때였다. 부자 사이를 시샘하듯 듣고 있던 라디오가 뚝 끊기더니 사방이 어두워지면서 해일이 차를 덮쳤다. 눈 깜짝할 사이였다. 자동차는 해일에 휩쓸려 어딘가에 세게 부딪친 후 수면 위로 떠올랐다. 겁에 질린 어린 아들은 어둠 속에서 비명을 지르며 살려 달라고 울부짖었다. 아저씨는 안전벨트를 풀고 물속으로 빠르게 가라앉는 자동차에서 탈출을 시도했다. 비상 망치로 유리창을 깨고 빠져나가려는 순간, 거친 파도가 한 차례 더 덮쳐서 차 안으로 물이 들어왔다. 아저씨는 물살에 떠내려가는 아들의 손을 간신히 움켜잡았지만, 어디선가 빠른 속도로 떠밀려 온 통나무를 피하지는 못했다. 통나무가 아저씨의 오른쪽 팔을 세게 쳤고, 아저씨는 아들의 손을 놓치고 말았다.

아저씨는 퉁퉁 부은 자신의 오른팔을 원망했다. 약을 바를 자격도 밥을 먹을 염치도 없는 아비라고 자책했다. 눈을 감으면 겁에 질린 아들의 눈동자가 보였다. 살려 달라는 아들의 비명이 환청처럼 들려서 잠을 잘 수도 없었다.

사연은 길을 잃고 바다를 헤매는 잔해와 주검에만 있는 게 아니었다. 수면 위 사연은 조용했지만, 살아남은 자들의 사연은 말을 가지고 있었다. 그리고 고통은 살아남은 자들의 몫이자 대가였다.

혜미가 아저씨 앞에 연고와 진통제, 납작하게 짓눌린 카스텔라를 놓으며 말했다.

"아저씨, 죽고 싶어요?"

아저씨는 퀭한 눈을 깜빡거리며 아들이 떠돌아다니고 있을 바깥만 내다봤다.

"죽고 싶으면, 그냥 저 물에 빠져 죽는 게 빨라요."

혜미가 턱으로 창밖을 가리키며 말했다.

"나라면 차라리 그럴 거예요."

아저씨가 드디어 고개를 돌려 혜미를 노려봤다.

"아저씨는 자신한테 고통을 주고 싶은 거지 죽고 싶은 게 아니에요."

혜미는 매몰차게 아저씨를 몰아붙였다.

"그럴 바엔 약 발라요. 저 지옥을 보는 것만으로도 충분히 고통스러울 테니까요."

아들을 잃은 사람에게 잔인한 말을 던진 혜미는 필요한 약이나 물건이 있는지 물으며 9층을 돌아다녔다. 나는 혜미가 일부러 모질게 말했다는 걸 알고 있었다. 그런 말을 하고 돌아선 혜미의 마음이 괴로웠을 거라는 것도. 이 도시에 불행하지 않은 사람은 없고, 아무것도 잃지 않은 사람 또한 없다. 나는 왠지 아까 그 말을 혜미가 과거에 자신에게 했을 거라는 생각이 들었다.

9층을 다 돌고 돌아왔을 때, 창문 앞에 서 있던 아저씨는 보이지 않았다. 약과 카스텔라도.

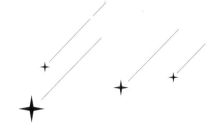

버디 네임: 강세호

오늘부터 혜미는 잠수를 배운다. 스쿠버 다이빙 입문자 과정인 오픈워터 이론 교육은 아저씨가 맡아 주었다. 역시 시작부터 끝까지 안전에 방점을 둔 수업이었다. 혜미는 머리가 좋아서 아저씨가 속성으로 가르치는데도 금방 이해하고 따라왔다.

수영장 교육은 내가 맡았다. 물이 차 있는 빌딩 5층이 수영장과 환경이 비슷해서 거기서 진행하기로 했다. 꼭 그곳이 아니더라도 실습 장소는 넘쳐났지만.

다이빙 장비는 아카데미 센터 교육생이 쓰던 것 중에서 골랐다. 혜미는 물이 몸에 닿는 걸 처음에는 겁냈지만, 마음을 다잡고 천천히 입수했다. 다행히 혜미는 수영하는 법을 잊어버리지 않고 있었다. 사실 수영은 한번 몸에 익히면 잊어버릴 수 없다. 몸이 기억하고 있기 때문이다.

수영장 교육은 스쿠버 다이빙의 기초인 스노클을 이용한 스킨 스쿠버부터 시작했다. 깊은 잠수가 아니라 스노클 마스크에 달린 대롱을 통해 수면 밖 공기로 숨을 쉬며 하는 잠수다. 혜미는 어렵지 않게 해냈고, 팔이 아닌 오리발로 좌우 포지션을 바꾸거나 전진하고 후퇴하는 기술도 금방 마스터했다. 투명하지 않은 물속이 두렵고 답답할 텐데도 이겨 내려고 애쓰며 내가 가르쳐 주는 모든 걸 차근차근 몸에 익혔다.

다음 날부터는 공기통을 등에 메고 잠수하는 교육을 했다. 나는 아저씨한테 배운 대로 가르쳤다. 장비 준비와 점검, 사용법, 착용, 해체, 수신호에 관한 브리핑을 끝낸 뒤 입수했다. 입수 후 귀가 먹먹해지는 현상을 해결하는 이퀄라이징에 대해서도 알려 주었다. 그리고 호흡 기체를 적게 쓰는 숨쉬기 법, 몸을 최소한으로 움직이는 요령, 오리발을 올바르게 쓰는 법, 부력 조절기를 사용해 물에 뜨는 법, 안전 감압 정지법 등을 반복 연습하며 자세를 바로잡아 나갔다.

가장 중요한 건 숨을 고요한 듯 편하게 쉬는 연습이었다. 혜미는 첫날에는 편두통과 어지럼증, 메스꺼움 때문에 고생하더니 이튿날에는 수평 자세가 기울어지고 뿜어내는 버블의 양도 심상치 않았다. 호흡이 편하면 규칙적인 모양과 크기의 버블이 만들어지는데, 혜미의 버블은 이상한 형태로 어지럽게 흩어지고 있었다. 나는 얼른 달려가 혜미를 수면 위로 끌어올렸다.

나오자마자 혜미는 숨을 거칠게 몰아쉬었다. 물속에서 문제가 있었다는 뜻이었다. 이야기를 들어 보니 혜미는 마음이 급해져 서둘렀던 것 같았다. 몸에 힘을 한꺼번에 주자 호흡이 빨라졌고, 숨이 편하지 않으니 겁이 나서 모든 균형이 깨진 것이었다. 다이빙 중 흔하게 생기는 일이었다.

"혜미야, 물속에서는 네가 가진 에너지나 능력을 다 쓰려고 하지 마. 욕심 부리면 안 돼."

다이버는 물을 이기려고 해서는 안 된다. 물의 움직임을 부드럽게 따라가야 한다. 혜미가 기침을 하며 고개를 끄덕였다.

"그리고 날 믿어. 내가 네 버디란 걸. 배운 대로 안전 수칙만 잘 지키고 버디와 함께면 사고 날 일은 절대 없어."

다이빙에서 가장 중요한 장비는, 어깨에 멘 무거운 공기통보다 더 중요한 장비는 바로 버디다. 나의 또 다른 공기통, 버디. 물속에서 사고를 당하거나 호흡 기체가 떨어졌을 때 자기 숨을 나눠 주고 나를 물 밖으로 데려다줄 유일한 사람. 생명줄.

"나도 널 믿을 거야. 네가 날 지켜 줄 거란 걸. 앞으로 우리는 항상 짝을 이뤄서 다이빙을 하게 될 거야. 내가 네 옆에 있을 거고, 너는 내 옆에 있을 거야. 우린 언제나 함께할 거야."

혜미의 젖은 눈을 바라보며 말했다.

"약속⋯⋯했다. 항상 옆에⋯⋯ 있기로."

나는 고개를 끄덕였고, 혜미의 숨은 점차 차분해졌다. 혜미는 공포감이 생겼을 텐데도 포기하지 않고 다시 다이빙에 도전했다. 이번에는 자세와 숨이 조금 더 안정되었다. 연습이 끝나고 혜미는 로그 북에 첫 다이빙 기록을 남겼다. 버디 네임에는 '강세호'라고 적혀 있었다.

혜미가 물속에서 편하게 숨을 쉬는 사이, 빌딩 5층은 완전히 물에 잠겨 버렸다. 물은 계단을 야금야금 가져가더니 결국 빌딩 한 층을 전부 차지해 버렸다. 다이빙을 연습할 수영장이 사라졌지만, 이 속도라면 곧 6층에 새로운 풀장이 생길 것이다.

6층 사람들은 짐을 챙겨 바쁘게 7층으로 자리를 옮겼다. 샘 아저씨의 경고대로 언제 또 해일이 덮칠지 몰라서 모두 두려움에 휩싸인 표정이었다. 란희 누나의 얼굴이 그나마 가장 밝았다. 누나는 노래를 부르며 계단을 올라갔다.

우리는 물이 다음 칸을 향해 탐욕스럽게 찰랑대는 계단을 근심 어린 눈으로 내려다봤다. 그것은 물시계였다. 계단은 숫자판이었고, 물은 시곗바늘이었다. 바늘은 빨랐다가 느렸다가 멈췄다가 하며 규칙 없이 제멋대로 움직였다. 우리에게 중요한 것은 밤이 지나면 아침이 온다는 사실이 아니라 저 물시계가 하루 동안 얼마나 많은 눈금을 가져갔느냐였다. 멈추기라도 하면 좋겠건만, 그것은 아직도 배가 고픈 듯 불길하게 혀를 날름거렸다.

바다는 고요할 정도로 평화로울 때도, 인간을 관대하게 품어 줄 때도 있었지만 수틀리면 무섭게 소리 지르고, 대들고, 주먹을 휘둘렀다. 이번에는 골이 심하게 났는지 주먹을 너무 깊숙이 휘둘렀다. 지구 전체가 노랗게 멍이 들 만큼. 나는 이 상황을 지구의 눈물이 깊어진 거라고 이해했다. 울분인지 슬픔인지 아픔인지 알 수 없지만, 아직은 눈물을 거둘 생각이 없어 보였다. 바다는 어깨를 들썩이며 매일 더 크게 울어 댔다. 달랜다고 진정할 것 같지도 않았다.

샘 아저씨가 계단 앞에 쭈그리고 앉아 손으로 물을 움켜쥐며 말했다.

"물은 손에 잡히지 않는 거야."

그건 누구나 다 아는 사실이었다. 흐르는 물 위에는 어떤 그림도 그릴 수 없다. 물은 가는 모래처럼 아저씨의 손가락 사이로 부드럽게 빠져나갔다.

"인간은 알 수 없는 곳이란 뜻이지."

그래서 아무도 '그날'의 원인을 알 수 없었고, 언제 끝날지도 알 수 없었다.

"물이 끝까지 차서 더는 갈 데가 없으면 어떻게 되는 거예요?"

혜미가 빗물이 들이치는 창가를 보며 걱정스럽게 물었다.

"배 위에서 살아야 할까요?"

물결을 따라 출렁이는 삶. 멈추지 않고 부유하는 인생은 멀미가 날까. 흔들리며 밥을 먹고, 흔들리며 잠을 자고, 흔들리며 책을 읽고, 흔들리며 직업을 갖고, 흔들리며 결혼해 아이를 낳고. 나는 한 층도 남김없이 도시가 물에 잠기는 상상을 했다. 인간은 물 위를 떠다니는 삶을 택할까, 건물 위에 건물을 짓는 방법을 고안해 낼까. 인간은 어떻게든 또 살아 낼까. 이 게임에서 누가 이길까.

"누군가는 이기겠지."

아저씨는 계단을 노리는 물을 대결하듯 날카로운 눈으로 응시했다.

"참, 혜미는 훈련 잘 마쳤니?"

부드러워진 목소리. 내가 아는 아저씨로 돌아왔다.

"네."

"다음에는 셋이 함께해 보자."

"제 실력을 못 믿으시는 거예요?"

내가 서운한 투로 물었다.

"셋은 둘보다 안전하니까."

아저씨다운 대답이었다.

최고의 강사인 아저씨한테 스쿠버 수업을 받으려면 수개월은 대기해야 한다는 걸 나중에 알았다. 그런 아저씨가 왜 날 바로 교육생으로 받았는지 갑자기 궁금해졌다.

"나랑 똑같았거든."

아저씨가 출렁거리는 물을 보며 회상에 잠긴 표정을 지었다.

"어린 나이에 낯선 나라로 이민을 가서 친구는 없고, 심한 인종 차별을 받는 데다 영어도 못하니까 얘기할 상대도 없었지. 그때 너는 어릴 때의 나랑 똑같은 눈빛을 하고 있었어. 우울하고 건드리면 터질 것만 같은 이방인의 눈. 이놈을 내가 변화시킬 수 있을지 알아보고 싶었어. 이놈이 변화할지도 궁금했고. 무엇보다 내가 터득한 기술을 알려 줘서 버디로 삼고 싶었지."

아저씨는 정말 다이빙에 관해 자신이 아는 모든 걸 내게 가르쳐 주었다. 내 다이빙 실력이 어느 정도 쌓이자 웬만한 다이빙 포인트는 훈련 차원에서 따라다니게 해 주었다. 아저씨가 내 실력을 인정하는 수준이 된 후에는 특수 장소에서 이뤄지는 고난도 테크니컬 다이빙에도 어시스턴트로 참여시켜 줬다. 빛이 없는 동굴과 난파선 다이빙, 심해 다이빙, 조류가 센 바다에서의 표류 다이빙, 야간 다이빙, 얼음을 깨고 들어가는 아이스 다이빙 등등. 장비를 사기 위해 알바를 해야 할 때는 다이빙에 도움이 되는 일자리를 구해 주었다.

덕분에 나는 많은 다이빙 경험을 얻어 아저씨의 테크니컬 수준급 버디가 될 수 있었다. 나와 같은 상황에 놓여 비경을 보고, 감동을 느끼고, 고난을 겪는 사람, 버디. 에메랄드빛 바닷속보다 아름다운 단어!

"가르친 보람이 있었지."

아저씨와 나는 기본과 안전을 지키며 다이빙을 해 온 덕에 대부분 무탈했지만, 딱 한 번씩 심해에서 탱크 밸브 고장으로 사고가 날 뻔한 순간이 있었다. 우리는 그때 서로가 위기에 처했다는 걸 찰나에 알아차리고 기체를 침착하게 나눠 마셨다. 그러고는 감압 정지까지 무사히 마치고 극적으로 빠져나왔다. 그러니까 아저씨와 나는 서로의 목숨을 한 번씩 구해 준 셈이다. 아저씨를 위험에서 구했을 때, 나 또한 아저씨에게 배운 보람이 있었다.

✳

박명의 푸른 새벽빛이 채 가시지 않은 시간. 루나를 품에 안은 세아가 9층 창문으로 얼굴을 내밀고 손을 흔들었다. 어두워서 세아가 어떤 표정을 짓고 있는지 보이지 않았다. 하지만 안 보이는 게 차라리 나았다. 혜미와 나도 창을 올려다보며 손을 흔들어 주었다. 세아는 루나의 다리를 잡고 한 번 더 잘 다녀오라고 손을 흔들었다. 세아를 혼자 두고 가는 게 마음에 걸렸지만 루나가 있고 9층이니까 괜찮을 것이다. 란희 누나한테 한 번씩 들러 세아에게 노래를 불러 달라고 부탁도 했으니까.

모처럼 비가 멈춘 날, 우리는 고무보트에 장비를 싣고 혜미네 집에 가기로 했다. 가는 동안 먹으려고 음식과 물도 챙겼다. 꽤 먼 거리를 이동해야 해서 일찌감치 출발했다. 아저씨와 내가 양쪽에서 노를 저었다. 아직 잠에서 깨지 않은 듯, 새벽 바다는 차고 잔잔했다. 노가 물결을 가르는 소리만이 우리를 계속 따라왔다.

세상에 우리뿐인가 싶을 정도로 사람들은 보이지 않았다. 반대로 사연을 가지고 있을 잔해들은 여전히 바다를 슥슥, 끅끅 긁으며 떠다녔다. 그만큼 사연이 많고 또 끊임없이 생겨나고 있다는 뜻이었다. 그러나 바다는 그 많은 사연을 다 담고도 남을 정도로 넓었다.

혜미는 아픈 사연들이 보트에 부딪히지 않도록 탐침봉으로 밀어냈다. 우리는 어떤 풍경이든 익숙하다는 듯 담담히 받아들여야 했다. 더 이상 놀라거나 두려워해서는 안 되었다. 그저 괴이한 일상일 뿐이라고 치부해야 정신을 온전히 붙들고 살 수 있어서였다. 하지만 가장 아픈 사연인 주검이 보트에 닿으면 그 순간에는 모든 각오와 자세가 무너졌다. 주검을 밀어내는 혜미의 얼굴이 괴로움으로 일그러졌을 거란 걸, 어둠 속에서도 알 수 있었다.

우리는 잠기지 않고 남은 빌딩을 이정표 삼아 보트를 몰았다. 모두 익숙한 형태와 이름의 빌딩이었다. 밑부분이 물에 잠긴 빌딩은 심령사진 속 유령을 닮아 있었다. 새벽 어스름에 비치는 빌딩의 실루엣은 묘지에 세워 둔 비석 같기도 했다. 도시는 물 무덤에 매장되었고, 자신을 애도하기 위해 스스로 비석까지 세웠다.

어느새 하늘에 동이 트고 있었다. 노란빛이 하늘과 바다를 뒤덮은 어둠을 한 꺼풀씩 벗겨 냈다. 그러자 먼 길을 달려온, 조금은 지친 기색을 한 우리의 표정이 드러났다. 아저씨와 나는 노 젓기를 잠시 멈추고 보트가 흘러가는 대로 내버려 두었다. 혜미가 몸을 틀어 동쪽 하늘을 지긋한 눈으로 쳐다봤다. 옆모습이 노란빛을 받아 아름답게 빛났다. 우리는 빌딩 사이에 걸려 있는 수평선을 바라보며 각자 상념에 젖어 들었다. 모두 비슷한 생각을 하고 있었으리라.

어둠이 한 꺼풀 더 벗겨지자 바다는 좀 더 막막하게 다가왔다. 우리는 다시 방향을 찾아 노를 저었다. 아저씨가 혜미에게 조심스레 물었다.

"부모님은 어떤 분들이시니?"

혜미는 한참을 수평선만 바라봤다. 완전해진 아침이 시름에 잠긴 혜미의 얼굴을 은은하게 감쌌다.

"두 분 다 사립대 교수세요. 엄마는 영어, 아빠는 수학이요."

"와, 영수는 따놓은 당상이었겠다."

나도 모르게 튀어나온 말이었지만 혜미는 많이 들어왔다는 듯 피식 웃었다.

"담임은 국어였어. 그래서 애들이 미워하고 질투했어. 쟤는 국영수는 꽉 잡고 있다면서. 실제로 꽉 잡기도 했고. 늘 100점이었거든."

"……인간적으로 어떻게 그럴 수 있냐?"

나는 좀 따지듯 물었다. 공부와 담쌓고 산 나는 100점짜리 인간을 도저히 이해할 수 없었다. 어떻게 실수 한번을 안 할 수 있을까. 어떻게 모든 문제의 정답을 다 맞힐 수 있을까. 100점짜리들은 과연 인생의 정답도 알고 있을까.

"그건 철학의 문제고. 철학에는 정답이 없어. 아니, 정답이 있지. 자기가 생각하는 게 다 정답이야. 시간이 지나서 생각이 바뀌면 그게 또 정답이 되고."

"역시, 100점짜리는 철학에 대한 생각도 남다르구나. 근데 공부 잘하면 애들이 경이로운 눈으로 막 우러러보지 않나? 보통은 나처럼 못하는 애들이 따 당하는데."

"양극단은 통한다지. 나중에는 꿈에서도 따돌림을 당했어. 가끔은 현실보다 꿈이 더 생생해서 잠을 자는 게 무서웠어."

"그래도 부모님은 예뻐하셨겠다."

혜미는 잠자코 있다 수평선을 아련하게 쳐다보며 말했다.

"1등 할 때만, 1등 할 때만 예뻐해 주셨어."

혜미가 왠지 외롭고 쓸쓸해 보였다.

"1등 못 하면?"

아픈 질문이었는지 혜미는 주저하다 대답했다.

"……실망한 표정을 지으셨어."

2등도 3등도 대단한데. 아니, 꼴등만 아니면 되는데. 아니, 공부는 꼴등 해도 다른 데서 1등 하면 되는데. 그건 아빠가 해 준 말이었다.

"엄마는 법대를 원했고, 아빠는 의대에 가길 바라셨어."

"넌?"

"난…… 난 입시 공부보다 그냥 좋아하는 음악 듣고, 보고 싶은 책 실컷 읽으면서 살고 싶었어. 난 그거면 됐는데……."

혜미는 힘없이 떠가는 잔해들을 물끄러미 쳐다보며 말끝을 흐렸다. 혜미에게는 그것이 자기 인생의 정답이었지만, 혜미의 부모님은 자신들이 정해 놓은 정답에 맞춰 살기를 바랐을 것이다.

"그래서 매일매일이 악몽이었어."

같은 반 아이를 죽을 만큼 팼던 날 밤, 아빠한테 물은 적이 있었다. 추석 대목을 맞아 떡 주문이 밀려서 자정까지 일하고 돌아온 아빠가 마당 평상에 누워 큰 소리로 나를 불렀다. 내가 처음으로 누군가를 때린 날이란 걸 아무도 모르는 밤이었다.

나는 마당으로 나가 아빠 옆에 누웠다. 눕자마자 가장자리가 조금 덜 찬 노란 달이 보였다. 시스루 같은 하얀 구름이 달 가운데 길쭉하게 걸려 있었다. 시간이 지나도 구름은 계속 그 자리에 머물러 있었다. 구름이 달에 붙들린 것 같기도 하고, 달의 아름다움에 매혹되어 구름이 그곳을 떠나지 못하는 것 같기도 했다.

나는 오늘 반 아이를 때렸다는 말 대신 아빠한테 물었다.

"아빠는 내가 커서 뭐가 됐으면 좋겠어?"

피곤한 아빠는 예쁜 달을 볼 여력이 없어서 눈을 감고 있었다.

"그걸 왜 나한테 묻냐."

역시나 아빠는 내가 성가신 게 틀림없었다.

"그럼 누구한테 물어? 아빠잖아."

"너한테 물어야지."

나는 그때 아빠가 나에게 관심이 없다고, 일하느라 바쁘고 귀찮아서 내 미래까지 챙기기가 고단한 모양이라고 생각했다. 당신 자식이지만 공부는 전혀 가망이 없고, 한심하게 잘하는 것도 없어서 이미 포기한 거라고. 오히려 내가 하고 싶은 게 있다고 할까 봐 무미건조한 말투로 대답하는 것 같았다.

"네가 하고 싶은 거 하고, 되고 싶은 거 돼야지, 이놈아."

나는 그 말 또한 아빠가 나한테 다 떠넘기는 거라고, 너 하고 싶은 거 하되 책임도 네가 지라는 뜻으로 받아들였다.

"하고 싶은 게 없으면…… 어떡해?"

내 목소리는 달빛이 깃들지 않아서 무척 어둡게 들렸다.

"없는 게 아니라 아직 못 찾은 거야."

아빠의 목소리에는 확신이 깃들어 있었다.

"아빠는 내가 공부 못해도 괜찮아?"

"너한테 물었을 때 공부가 답이 아니면 아닌 거지. 공부 아니라도 할 일은 많아. 그 많은 사람이 죽어라 공부에만 매달리니까 모두가 죽어라 힘든 거야."

"1등 못 해도?"

"공부는 꼴등 해도 다른 데서 1등 하면 되지, 뭐."

"진짜?"

"너한테 물었을 때 하고 싶은 일이, 사람 패거나 나쁜 짓만 아니면 돼."

갑자기 목이 탔다. 그새 구름이 멀리 떠나서 달은 깨끗하게 빛나고 있었다.

"그럼 아빠는 지금 하고 싶은 거 하면서 살고 있어?"

"응? 응."

아빠는 잠이 들다 만 목소리로 대답했다. 아빠가 떡 만드는 일을 좋아한다니까 낮에 때린 반 아이가 조금 덜 미웠다. 나는 그날 밤 아빠의 코 고는 소리를 들으며 그보다 약간 큰 목소리로 '하고 싶은 것'이라고 말해 봤다. 깨물면 달고나 맛이 날 듯한 노란 달만이 내 말을 엿들은 것 같았다.

도시의 비석을 이정표 삼아 오랜 시간 바닷길을 따라온 우리는 이쯤이라는 혜미의 말에 노 젓기를 멈췄다. 5층짜리 빌라인 혜미의 집은 완전히 물에 잠긴 상태였다. 혜미는 보트에 남아 기다리고, 아저씨와 내가 잠수를 하기로 했다. 우리는 장비 준비와 점검을 마친 후, 서로의 장비가 안전한지 교차 테스트했다. 공기통을 메고 들어가는 잠수라 체류 시간에 필요한 기체량 계산을 꼼꼼히 하고, 잠수가 길어질지 몰라서 감압 계획도 짰다. 감압은 무감압 한계 시간을 넘어 잠수할 경우 몸에 녹아 있는 질소를 빼기 위해서 수중에 머무르며 위로 올라가는 것을 말한다. 감압을 제대로 하지 않고 올라가면 잠수병 위험이 급격히 높아진다.

안전에 민감한 아저씨는 무감압 다이빙 시에도 수심 5미터에서 의무적으로 3분 동안 감압 정지하라고 가르쳤다. 물론 다이브 컴퓨터가 수심에 따른 무감압 한계 시간을 실시간으로 계산해 줄 것이다. 안전 정지 수심이 어디인지, 정지 수심에 도달하면 몇 분 동안 멈춰 있어야 하는지. 하지만 보수적으로 잠수해야 하는 우리는 다이브 컴퓨터가 고장 날 경우까지 대비해 머릿속으로 한 번 더 다이빙 계획을 세웠다. 그리고 호흡기 안전과 버블 상태, 밸브, 부력 점검을 마친 후 초조해하는 혜미를 향해 수신호를 보내며 잠수했다.

우리는 같은 속도와 방향으로 움직였다. 물이 조금 맑아져서 가시거리가 예전에 비해 넓어졌다. 깨끗한 바닷물이 도시로 계속 밀려오고 있다는 의미였다. 우리가 숨을 쉴 때마다 은구슬 같은 버블이 아름답고 사이좋게 올라갔다. 랜턴 불빛에 비친 물속은 너무 고요했다. 아무도 없는 것처럼. 그리고 아무 일도 없고 아무것도 모르는 것처럼. 나는 이곳이 다이버 외에 산 사람은 있을 수 없는 곳이란 사실을 새삼스레 깨달으며 하강했다.

바닥까지 내려가자 혜미의 집이 희미하게 보였다. 지대가 낮은지 다이브 컴퓨터는 우리가 현재 잠수 중인 곳이 수심 17미터라고 알려 왔다. 우리는 깨진 1층 베란다 창을 통해 집 안으로 들어갔다. 난파선 다이빙 경험 덕에 천장이 막힌 좁은 공간으로 진입하는 일은 어렵지 않았지만, 사람이 살던 집으로 들어가는 건 처음이라 낯선 기분이었다.

아저씨와 나는 랜턴으로 거실을 구석구석 살핀 뒤 혜미가 그려 준 방 구조도를 보고 안방과 서재에 차례로 들어갔다. 그러나 혜미의 부모님은 찾을 수 없었다. 서재 옆은 혜미의 방이었다. 1등을 하기 위해 열심히 공부했지만 사실은 음악을 듣고 책을 읽고 싶었다는 혜미의 방. 혜미가 쓰던 가구와 물건 들은 수중에 기우뚱 떠 있거나 넘어져 있었다. 혜미가 언제든 돌아와 지낼 수 있게 전부 못으로 단단히 박아 고정해 주고 싶었다. 하지만 그럴 수는 없었기에, 상상으로 방을 복원시켜 봤다. 혜미의 방은 아기자기하고 싱그러운 초록빛 공간이었다.

오랜 시간을 머무르며 보일러실까지 살폈지만 혜미가 알려 준 인상착의의 부모님은 보이지 않았다. 우리는 집을 나가 근처까지 샅샅이 둘러봤다. 그런데도 찾지는 못했다. 어느덧 무감압 한계 시간을 훌쩍 넘어서고 있었다. 아저씨가 올라가자는 수신호를 보냈다. 나는 답신을 한 뒤 아저씨와 속도를 맞추며 첫 번째 안전 정지 수심으로 올라갔다.

수중에 머무는 시간은 잠수병에 걸리지 않기 위해서 지켜야 하는 중요한 시간이자 동시에 무료한 순간이다. 그러나 버디가 있어서 무료하지 않기도 하다. 우리는 눈빛과 수신호로 많은 이야기를 나누었다. 나는 언어가 없어서, 말을 할 수 없어서 신뢰로 쌓아 온 물속 소통의 시간을 좋아하지만, 오늘은 무거운 시간이었다. 아저씨는 혜미를 걱정하고 있었다. 나도 마찬가지였다.

감압을 마친 우리는 무사히 밖으로 나왔고, 보트에서 기다리고 있는 혜미에게 수신호로 물속 상황을 알렸다. 어떻게, 어떤 목소리로 말을 전해야 할지 몰라서 수신호를 썼다.

'미안해. 부모님을 찾지 못했어. 미안해, 혜미야.'

모든 희망이 물속에 수장된 시대. 우리의 언어도 그 속에 묻혀 버렸기에 말을 할 수 없었다. 아니, 말이 나오지 않았다. 물 밖이지만 지금은 물속과 다를 바 없어서 수신호로 생각을 주고받아야 하는지도 모르겠다. 도저히 나오지 않아서 다시 삼켜 버린 그 말이 대신 내 심장을 찔렀다.

우리는 보트를 타고 말없이 왔던 길을 되짚어 돌아갔다. 가야할 길이 절반 정도 남았을 때 해가 졌다. 꼭 동이 트던 오늘 새벽녘 같았다. 평소보다 밤은 일찍 찾아왔고, 내가 알던 밤보다 훨씬 어두웠다. 해가 기운을 다하자 하늘과 바다에 어둠이 한 꺼풀씩 덧씌워졌다. 그러자 아직도 먼 길을 가야 하는, 많이 지친 우리의 표정이 어둠에 가려졌다. 도시의 비석들은 검은 실루엣을 드러내며 다시 찾아온 밤을 애도했고, 잔해들은 고무보트를 건드리며 슥슥, 끅끅 지나갔다. 혜미가 몸을 틀어 해가 지는 서쪽 하늘을 바라봤다. 혜미의 옆모습이 저녁 빛을 받아 고아하게 반짝거렸다.

"세상이 끝장나 버렸으면 좋겠다고 매일 빌었어."

혜미가 고즈넉하게 말했다.

"공부가 죽기보다 싫어서 그냥 다 같이, 공평하게 망해 버렸으면 좋겠다고."

그렇게 말한 후 혜미는 숨을 가다듬었다.

"엄마 아빠도 사라져 버렸으면 좋겠다고 생각했어. 그러면 나 하고 싶은 대로 살 수 있을 것 같아서."

혜미가 고개를 들어 먹빛 하늘을 올려다봤다. 별이 뜨기 시작했다. 더 어두워지면 배가 지나간 자리 같은 하얀 포말의 은하수가 밤을 장식할 것이다.

"근데 진짜 내 말대로 돼 버렸어. 내가 그렇게 생각해서 이런 일이 생긴 거야."

혜미는 '그날', 여름방학인데도 공부하라고 닦달하는 엄마에게 영어책을 집어던지고 집을 뛰쳐나와 도시를 배회하고 있었다. 죽기보다 싫은 공부와 미운 엄마의 잔소리가 혜미를 살린 셈이었다.

"부모님이 안전한 곳에 계실 수도 있으니까."

아저씨는 자책하는 혜미를 위로해 주었고, 그 말에 혜미는 입술을 앙다물었다. 나는 잠수했을 때 혜미의 방에서 가져온 것을 그제서야 내밀 수 있었다. 마음 같아서는 모두 다 가져다주고 싶었지만, 하나만 챙겨 왔다. 혜미가 어둠 속에서 젖은 책 표지를 간신히 확인하고 놀란 어조로 말했다.

"내가 좋아하는 책인 거 어떻게 알았어?"

그 책은 알베르 카뮈의 『이방인』이었다.

"나도 좋아하는 책인데, 왠지 너도 그럴 것 같았어."

혜미가 카뮈의 책에 손바닥을 올려놓았다.

"축축하고 차다."

"물속에 있었으니까."

"고마워."

혜미가 웃었나. 그새 완전한 밤이 되어 자세히 보이지 않았지만, 웃었을 거라고 나는 생각했다.

오늘 하루 우리를 위해 잠시 참아 주었다는 듯, 빌딩에 도착하자마자 비가 억수같이 쏟아지기 시작했다. 혜미와 나는 고무보트를 창살에 묶다 말고 하늘을 올려다봤다.

"해일이 진짜, 다시 올까요?"

혜미가 얼굴로 흘러내리는 빗물을 닦으며 장비를 챙기는 아저씨에게 물었다.

"한 번으로 끝나지는 않을 거다."

"언제일까요?"

걱정스러운 목소리로 내가 물었다.

"그건 아무도 몰라. 그러니 긴장을 늦추지 말고 항상 대비해야 해. 알았지? 하나 확실한 건, 첫 번째처럼 아주 순식간일 거야."

아저씨의 말에 우리는 마음을 다잡으며 보트를 마저 묶었다. 빗줄기는 더욱 거세졌고, 파도도 높아졌다.

밥도 안 먹고 우리를 기다려 준 세아, 루나와 늦은 저녁 식사를 했다. 오늘도 촛불을 사람 수대로 다섯 개나 켰고, 음식도 많이 준비했다. 풍족한 식사 자리였다. 다섯 개의 촛불이 다섯 개의 별처럼 밝게 빛나며 각자의 얼굴을 비췄다. 표정은 다들 달랐지만 함께할 사람이 곁에 있어서 거칠게 내리는 비를 잊어버릴 만큼 마음은 똑같이 든든했다. 먹을 음식이 있는 것에 감사해하고 잠긴 도시를 잊으려 허겁지겁 먹는 모습도 똑같았다. 낮에 공포스러워하던 우리는 밤에 한데 모여 작은 불빛으로 감자 먹는 사람들 자리의 소중함을 확인했다. 별처럼, 인간이란 섬은 떨어져 있기에 하나의 선으로 연결할 수 있었다.

세아는 즉석 밥에 미트볼을 얹어 먹으며 언니 오빠랑 아저씨가 돌아와서 루나가 신난 것 같다고 말했다. 나는 세아가 신났다는 의미로 받아들였다. 아저씨가 세아의 컵에 생수를 따라 주며 물었다.

"세아는 하루 종일 뭐 하며 지냈니?"

"창문 앞에서 기다렸어요."

세아가 빵빵해진 볼을 하고 대답했다.

"심심했겠다."

"아니요. 하나도 안 심심했어요."

아저씨가 눈을 동그랗게 떴다. 란희 누나가 노래를 불러 줘서 일까.

"왜?"

"그림을 보는 것 같았어요."

"어떤 그림?"

"모네 그림이요."

"그 그림에 대해 읽어 주겠니?"

세아는 물을 마시고 침대 머리맡에 둔 책을 가져왔다. 그러고 는 촛불 아래서 손가락으로 행간을 짚어 가며 신난 목소리로 읽 기 시작했다.

"〈인상, 해돋이〉란 그림은 모네가 고향 항구를 그린 것입니다. 빨간 해가 떠올라서 하늘은 약간 불그스름하고 바다에도 해가 비 쳐서 물결이 빨갛게 빛납니다. 가운데에는 노를 저어 어딘가로 가는 돛단배 한 척이 있습니다."

나는 세아가 읽어 주는 그림을 따라 머릿속으로 풍경을 그려 봤 다. 오늘 아침 동이 틀 때 보트를 저어 가던 우리 모습 같다는 생각 이 들었다.

"가벼운 붓 터치로 그려진 그림을 보고 한 평론가는 덜 된 벽지 도 이보다는 완성도가 있겠다고 악평을 했습니다. 그림에 완성은 없고 제목대로 인상만 있다고 조롱한 데서 '인상주의'라는 말이 생기게 됐습니다."

"인상주의가 조롱의 뜻에서 시작된 것이었구나."

"그렇대요. 오늘 비가 안 오고 아침에 빨간 해가 뜨니까 그 그림
이랑 창밖이 아주 비슷했어요."

"그래서 하루 종일 그것만 쳐다보고 있었다고?"

뺨에 달라붙은 세아의 머리카락을 한데 모아 귀 뒤로 넘겨 주
며 물었다.

"응. 정말 1분마다 빛이랑 색깔이 달라졌어. 신기하게 진짜 저
바다가 다 다르게 보였어."

그러면서 란희 누나가 불러 준 노래도 바다 색깔을 따라 다 다
르게 들렸다고 말했다. 세아는 비구름이 해를 가리지 않은 오늘
이 무척 인상적인 모양이었다.

세아가 책을 마저 읽었다.

"《루앙 대성당》이란 연작이 있는데요, 모네는 일 년 동안 맞은
편 건물에서 루앙 대성당 그림을 서른 점이나 그렸습니다. 계절,
날씨, 시간에 따라 성당이 어떻게 다르게 보이는지 보여 주려고
했다고 합니다. 모네는 같은 풍경을 여러 번 그린 화가로 유명한
데요, 《수련》시리즈도 대표작 중 하나입니다."

"그 그림들도 보고 싶네."

식사를 마친 혜미가 에비앙을 들이켜며 중얼거리듯 말했다.

"나이를 먹은 모네는 백내장을 앓아서 양쪽 눈이 색을 다르게

봤다고 합니다."

"저런, 빛을 많이 보고 빛을 많이 그린 화가라 결국 눈도 그렇게 됐구나."

아저씨가 고개를 주억거리며 말했다.

나는 세아가 저 이상한 광경을 아름다운 명화로 치환해 공포와 두려움을 이겨 내려 한 거라고 이해했다. 시간에 따른 대기의 다양하고 흥미로운 변화를 그림으로 그리는 대신, 도시가 예쁜 인상파 그림을 닮았다고 주문을 걸어 기다림에서 오는 불안을 잊으려고 했던 거라고. 그래서인지 세아는 천둥 번개가 치고 유리창이 비바람에 흔들리는데도 저번만큼 무서워하지 않았다.

그날 밤, 나는 기특한 세아 손을 꼭 잡고 잠이 들었다. 꿈속에서 한 번도 본 적 없는 모네의 〈인상, 해돋이〉가 나왔다. 세아와 내가 나란히 서서 벽에 걸린 그림을 감상하고 있었다. 아니, 창문으로 물에 잠긴 도시를 보고 있었던 걸까. 그림이든 창문이든 해는 붉게 떠올라 잔잔한 물결을 빨갛게 물들였고, 우리의 뒷모습은 아무 일도 없다는 듯 평화롭기만 했다.

하지만 꿈같던 평화는 깨졌다. 다음 날 아침에 일어나 보니, 밤새 내린 비로 물이 계단 두 칸을 삼켜 버렸다.

＊

아침밥을 먹고 있을 때 아래층에서 울부짖는 소리가 들려왔다. 요란한 빗소리에 섞여 울음소리는 꺼억, 꺼억, 하고 끊기듯 들렸다. 우리는 수저를 놓고 아래층으로 급히 내려갔다. 다른 층에서도 사람들이 몰려나왔다.

소리가 난 곳은 옥주 아줌마 모녀가 머물고 있는 사무실이었다. 아줌마가 바닥에 누워 있는 노모를 붙들고 오열하고 있었다. 어제저녁에도 두유를 가져온 내 손을 따뜻하게 잡으며 고마워했던 할머니였는데, 차갑게 식은 몸으로 누워 있었다.

나는 사무실 안으로 들어가 나를 잡아 주던 할머니의 그 손을 바라봤다. 집게손가락에 노란 묵주 반지가 끼워져 있었다. 할머니는 내가 볼 때마다 항상 엄지로 묵주 반지를 돌리며 기도하고 있었다. 살아남은 자들과 죽은 자들을 위해 기도하는 거라고, 나중에 옥주 아줌마한테 들었다.

비혼자인 옥주 아줌마는 시골에서 농사를 지으며 노모를 모시고 살았다. 모녀는 일요일에 친척 결혼식이 있어서 하루 전날 이 도시에 올라왔다 고립되고 말았다.

심장 질환을 앓고 있는 할머니는 며칠 전부터 약이 떨어져서 발을 동동 구르고 있었다. 도시의 모든 기능이 멈춘 상황에 병원이나 약국이 제대로 돌아갈 리 없었다. 처방전도 없어서 할머니가 어떤 약을 복용해 왔는지 알 수 없었고, 상대적으로 젊은 옥주 아줌마도 어렵고 복잡한 약 이름을 기억하기란 쉽지 않았다. 아저씨가 심장 질환 환자들이 일반적으로 복용하는 약을 구해 왔지만, 도움이 되지는 못한 모양이었다. 옥주 아줌마는 독실한 천주교 신자인 엄마가 종부성사도 못 받고 돌아가셨다고 가슴을 치며 울었다.

아저씨는 싸늘한 주검이 되어 누워 있는 할머니를 보며 자책하는 표정을 지었다. 놀란 세아는 내 티셔츠 자락을 움켜쥐며 등 뒤로 숨었고, 혜미와 란희 누나는 담담해지려고 애썼다. 자신을 돌보지 않았던 윤씨 아저씨는 다친 오른쪽 팔을 왼손으로 살며시 감쌌다. 민규 형은 마음을 읽을 수 없는 표정으로 할머니를 쳐다봤고, 지유 이모는 사무실을 들여다볼 엄두도 못 내고 두 손을 모아 가슴에 붙인 채 복도에 서 있기만 했다.

도시가 정상으로 돌아올 때까지 우리는 아파서도 다쳐서도 안 되었다. '그날' 이후 모두들 수없이 본 주검이지만, 죽음은 맞닥뜨릴 때마다 처음인 듯 낯설고 두렵고 애달팠다.

높은 온도와 습도 때문에 할머니는 빠르게 부패할 거라고 아저씨가 말했다. 옥주 아줌마와 상의해, 우리는 할머니를 비닐에 담아 빌딩 5층에 임시 수장하기로 했다.

모든 준비를 마치고 아저씨와 내가 할머니를 모시고 5층으로 내려갔다. 6층으로 올라가는 계단과 복도에 빌딩 사람들이 엄숙한 표정으로 서서 장례식을 지켜봤다. 소란스럽게 내리던 비도 그때만큼은 애도하듯 잠시 조용해졌다. 란희 누나는 죽은 자를 위한 성가를 경건한 목소리로 불러 주었고, 바닥에 주저앉은 옥주 아줌마는 할머니가 물속으로 서서히 잠기자 더 애통하게 울었다. 그게 장례 절차의 전부였다.

입수 후에도 아줌마의 구슬픈 울음소리와 죽은 자를 위한 노랫소리가 물속까지 따라 들어왔다. 우리는 계단 바로 옆 사무실에 할머니를 모신 뒤 시신이 유실되지 않게 끈으로 단단히 묶었다. 할머니의 죽음은 도시를 떠다니다 어딘지도 모르는 곳으로 사라져 버리는 것보다 그나마 나았다. 우리가 할 수 있는 건 '나은 죽음'이란 말로 서로를 위로하며 그 시간을 견디는 것뿐이었다.

수장을 마치고 나왔을 때, 옥주 아줌마는 다리를 물에 절반 가까이 담그고 있었다. 마치 물속으로 걸어 들어가려는 것처럼 보였지만, 그렇게라도 엄마와 닿아 보고 싶었던 거라고 나는 생각했다.

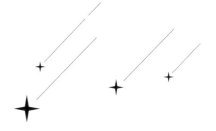

162미터

　도시에 다이버가 있다는 소문이 퍼지면서 다른 빌딩 사람들이 우리를 찾아오기 시작했다. 그들은 돈을 줄 테니 물속에서 건져 온 것들을 팔라고 했고, 그냥 나눠 달라거나 필요한 물건을 열거하며 구해다 달라고 간곡히 부탁하기도 했다.

　다행히 태양열 전기를 얻을 수 있게 되어서, 다른 빌딩 사람들을 챙길 여력이 생겼다. 전기를 사용해 콤프레셔로 탱크에 공기를 충전해 두면 많은 횟수의 다이빙이 가능해서 여러 빌딩과 필요한 것들을 나눌 수 있었다. 윤씨 아저씨도 우리를 직접 찾아와 약을 부탁했고, 아저씨의 약은 혜미가 챙겨 주었다. 그들도 우리를 '버디'라고 불렀다.

　오늘 우리의 다이빙 포인트는 대형 마트다. 덕분에 많은 식료품과 생필품을 건질 수 있었다. 그러나 다이빙을 쉬지 않고 계속 반복할 수는 없었다. 다이빙을 한 차례 끝내고 바로 또 입수하면 몸속에 쌓인 질소가 문제를 일으키므로, 수면 휴식 시간을 가져서 질소를 배출해야 한다. 아저씨와 나는 다이브 컴퓨터가 계산해 준 대로 휴식을 취했다. 나는 이 시간을 좋아한다. 아저씨와 바다 위에서 많은 이야기를 나눌 수 있기 때문이다.

샘 아저씨는 먹구름이 닿을 듯 내려앉은 바다를 그윽하게 쳐다봤다. 또 '그녀'를 생각하는구나. 아저씨의 오랜 버디로서 나는 아저씨가 바다를 바라보는 눈빛만으로도 무슨 생각을 하는지 알았다. 지금 같은 시린 눈빛은 그녀를 그리워하는 중이란 뜻이었다. 아저씨는 수면 휴식에 들어가면 어김없이 시린 눈빛이 된다. 이 시간을 따로 갖고 싶어서 다이빙을 한다는 생각이 들 정도다. 그러면 나는 방해하지 않고 아저씨가 그녀를 실컷 그리워하도록 내버려 둔다. 사실 누구나 바다 한가운데 있으면 무엇이든 그리워하게 된다.

아저씨는 스무 살 때 다이빙을 하다 그녀를 만났다. 첫사랑이었고 삼 년을 만났지만 그녀가 부모님을 따라 한국으로 이민을 가는 바람에 연락이 끊겼다고 들었다. 아저씨는 다이빙 중 위기에 처할 때마다 그녀를 떠올렸다. 그러면 기적처럼 살게 되고 숨 쉬게 되었다고 했다. 그녀는 아저씨에게 또 하나의 버디인 셈이었다.

아저씨가 사고로 버디를 잃은 후 물 근처도 가지 못할 때였다.

트라우마를 극복해 보려고 다이빙을 시도한 적이 있었는데, 역시 무리였는지 문제가 생기고 말았다. 갑자기 호흡이 빨라지면서 정신이 몽롱해진 것이다. 아저씨는 도저히 떨쳐지지 않는 자책감에 그대로 죽어 버리려고 했지만, 그녀의 얼굴이 섬광처럼 번뜩 떠올랐다고 했다. 어떻게든 살아서 그녀를 다시 만나고 싶은 마음이 강렬하게 들었다고. 아저씨는 정신을 차리고 재빨리 버디에게 수신호를 보내 간신히 물속에서 빠져나왔다. 그리운 사람이 있는 물 밖으로. 살아야만 그리운 이를 만날 수 있는 곳으로.

그날 아저씨는 물속에서 의미 있는 걸 찾아냈다고 했다. 그래서 미국에서 누리던 부를 버리고 그녀를 만나러 한국으로 가기로 결심했다. 고국으로 돌아온 아저씨는 골프공이 아니라 사람을 구하고 수색하는 다이버가 되었고, 두 번 다시 버디에게 사고가 나지 않게 하고 버디를 잃지도 않겠다는 자신과의 약속을 지키며 살고 있다. 아저씨는 어떤 로그 기록보다도 그 기록을 자랑스러워했다.

오늘은 아저씨의 시린 눈빛이 유독 깊어서 바다조차 이기지 못할 것 같았다. 비록 고독한 침묵의 시간이지만, 아저씨가 그녀를 생각할 때는 이상하게 말 한마디 하지 않는데도 많은 이야기를 나눈 느낌이다. 어쩌면 바닷바람이 대신 나와 이야기를 나눠 주고 파도가 내 목소리를 들어 줘서인지도 모르겠다. 그런데도 나는 궁금했다. 아저씨와 그녀의 이야기가. 그래서 시린 고독과 침묵을 깨고 물었다.

"아저씨, 그분은 찾으셨어요?"

놀랍게도 아저씨가 고개를 끄덕였다. 그런데 표정은 먹구름처럼 어두웠다.

"최근에 어렵게 연락이 닿았어. 그리고 만나기로 했지."

"언제요?"

"팔라우 다녀와서 일주일 후쯤이었어."

출국 전날, 아저씨가 다른 때에 비해 유난히 들떠 있다고 느꼈던 건 그 때문이었다. 나처럼 팔라우 때문이 아니라, 수십 번 가 본 팔라우가 아니라, 그녀라는 신비의 다이빙 포인트 때문에. 그 어떤 바닷속보다 아름답고, 그 어떤 다이빙보다 심장을 두근거리게 하는 그녀라는 세계 때문에. 수만 번을 뛰어들어도 알 수 없어서 수억 번 뛰어들게 만드는 그녀라는 존재 때문에.

"무사할까."

바다를 바라보는 아저씨의 눈빛이 유독 깊게 느껴진 이유였다. 아저씨는 두렵지 않다고 했지만, 사실 두려움을 이겨 내고 있었던 것이다. 혜미와 세아, 나처럼 두렵고 힘든데 견디고 있었던 것이다. 누구도 점점 더 잠기는 도시와 떠다니는 주검을 보며 아무렇지 않을 수 없었다. 담담해지려고 애쓰는 건 그것이 우리의 마지막 생존 방식이기 때문이었다. 마음의 패배를 당하고 싶지 않아서였다. 그럼에도 저마다 감춰 둔 그 두려운 마음을 한 번씩은

들켰다. 나는 들키는 것도 견디는 데 도움이 되리라고 생각했다.

우리는 휴식 시간이 끝난 후에도 보트 위에 좀 더 머물러 있었다. 바람이 세다 싶더니 물결이 거칠어졌고, 멀리서 잿빛 구름이 맹렬하게 소용돌이치며 다가오고 있었다.

세아가 읽어 준 모네의 그림 〈인상, 해돋이〉처럼, 꿈속에서 내가 봤던 그림처럼 저녁 무렵 물결에 빨간 해가 비쳤다. 혜미는 하늘을 바라보며 창문 앞에서 『이방인』을 말리고 있었다. 한 장씩 넘겨 가며 하루 동안 말린 책장은 절반 정도 되었다. 말리면 읽을 수 있을 것이고, 더는 차고 축축하지도 않을 것이다. 혜미가 하얀 손수건처럼 빳빳하게 마른 책장을 만지작거리며 말했다.

"사람도 햇볕에 말리기만 하면 이렇게 살아나는 거면 좋겠어. 신발이나 책, 옷은 젖어도 다시 쓸 수 있잖아."

해가 잿빛 구름에 가려지자 물결에 비치던 빨간 빛도 사라졌다. 그때 아래층에서 란희 누나의 노랫소리가 들려왔다. 누나의 노래를 듣고 있으면 신기하게 마음이 편안해졌다.

"저 햇볕이 숨이 되어 주면 좋겠어."

혜미도 나와 비슷한 상상을 하고 있었다. 햇볕이 물을 말리고 말려 우리를 원래 있던 곳으로 데려다 놓는 상상. 혜미는 이 악몽이 끝날 수만 있다면 기꺼이 과거의 악몽으로 돌아가려고 할까. 엄마의 잔소리를 듣고, 1등을 해야만 아빠가 미소를 지어 주던 삶으로. 친구들이 혜미를 질투하고 괴롭히던 학교로. 외롭고 고독한 나날로.

"기꺼이."

혜미는 망설이지 않고 대답했다.

"꿈이란 건 혼자 꾸는 게 아니니까. 비록 내가 원하는 꿈이 아니더라도 지켜봐 주는 사람이 있어야 의미가 생기니까. 나를 힘들게 하는 사람이라도 내 삶을 이루는 조각이니까. 사람은 사람 때문에 지치지만, 또 사람 때문에 견디기도 하니까, 기꺼이 그럴래."

우리의 상상대로 저 뜨거운 태양이 지구의 페이지를 한 장씩 말려 주면 좋겠다. 새로운 고통이 우리를 찾아오더라도 기꺼이 감수할 테니. 슬픈 이야기든 지독한 이야기든 기꺼이 다 읽어 줄 테니.

∗

비는 내리지 않지만 아침부터 하늘에는 붉은빛 구름 폭풍이 몰아치고 있었다. 동영상을 빠르게 돌린 것처럼 구름의 흐름은 힘차고 사나웠다. 무슨 메시지를 전하려는 움직임일까. 어떤 하소연이 담긴 몸부림일까. 무엇을 경고하겠다는 뒤틀림일까. 정말로 두 번째 해일이 가까워졌다는 뜻일까. 구름은 금방이라도 붉은 비를 토해 낼 분위기였다.

아저씨는 기상 조건이 좋지 않아 우리 집에 가는 걸 며칠 미뤄야 겠다고 말했다. 파도는 거칠어지고 있었고 바람도 심상치 않았다. 아저씨는 날씨만큼 무거운 표정으로 잠깐 어디 좀 다녀오겠다면 서 외출했다.

혜미와 나는 잠수 훈련을 하기로 했다. 날씨가 더 나빠지기 전 에 오늘 훈련량을 채우려고 서둘렀다. 사실 나보다 혜미가 더 의 욕적이었다. 혜미는 얼른 실력을 쌓아 아저씨와 나를 돕고 싶어 했다.

우리는 빌딩 안에서 훈련을 하기로 했다. 조류 다이빙 연습도 해 둘 필요가 있었다. 거친 물결이 훈련에 도움을 줄 것이다. 우리 는 몸을 가라앉게 해 주는 웨이트 준비를 한 뒤 마스크에 김 서림 방지제를 뿌렸다. 이어 탱크 밸브를 열고 부력 조절기에 기체를 넣은 후 입수했다.

위령 미사를 드리듯 5층으로 내려가는 계단을 하루에도 수차 례씩 찾는 옥주 아줌마가 옆에서 우리를 지켜봤다. 아줌마는 할 머니가 묻힌 곳을 찾을 때마다 물에 발을 담그고 기도했다. 묵주 가 없어서 손가락을 한 개씩 접으며 기도했다. 한 가지 신경 쓰이 는 건 아줌마가 발을 담그는 깊이가 점점 깊어진다는 것이었다. 저러다 진짜 물속으로 걸어 들어갈까 봐 우리는 수시로 살피고 있었다.

지유 이모는 모두를 고통에 빠뜨린 곳에서 훈련하는 우리를 걱정과 존경이 엇갈린 시선으로 쳐다봤다. 그 시선의 의미를 우리도 잘 알았다. 무수한 사연과 주검이 녹아든 물에 어떻게 몸을 담그고 어떻게 그 속에서 숨을 쉬냐는 것이었다. 혜미도 처음에는 그 점을 두려워하고 께름직해했다. 그때 내가 혜미에게 해 준 말은 딱 한 문장이었다.

"다들 누군가가 사랑하던 사람들이야."

혜미의 숨은 편하고 부드러워져서 은구슬 같은 버블이 아름다운 형태로 올라갔다. 수평 자세는 안정적이었고 움직임을 최소화해 유영하는 모습도 인상적이었다. 오리발도 여러 유형을 효율적으로 구사했다. 교육생들이 가장 어려워하는 부력 조절기로 중성 부력을 잡는 법도 훌륭하게 마스터했다. 중성 부력은 뜨지도 가라앉지도 않은 중간 상태로 몸이 수중에 떠 있게 하는 기술인데, 몸으로 바다 먼지를 건드리지 않게 해 줘서 해양 생태를 관찰할 때 사용하면 좋다. 무엇보다 중성 부력 상태에서는 기체 소모를 줄일 수 있다.

혜미는 생각보다 빨리 다이빙의 가장 큰 즐거움인 무중력 세계에서의 자유와 고요, 안온함을 느끼고 놀랍다는 수신호를 보냈다. 중성 부력 상태가 되면 허공을 나는 것 같은 무중력을 경험할 수 있다. 간접적으로 우주여행을 다녀오는 셈이다. 실제로 우주인들도 무중력 적응 훈련을 수영장에서 우주복을 입고 한다. 우주인이 무중력 상태에서 움직이는 자세와 다이버가 바닷속을 헤엄치는 자세도 비슷하다. 그러니까 바닷속에 우주가 있고 우주 속에 바다가 있는 것이다. 바닷속에도 별과 행성이 존재하니, 이제 우리는 잠수복을 입으면 가까운 우주로 떠날 수 있다.

혜미는 고요하게 숨을 쉬며 무중력이 선사하는 안도감에 흠뻑 젖어 들었다. 나는 혜미가 환상에 가까운 평온함을 문제없이 느낄 수 있도록 옆에서 지켜보고 도와주었다.

어떤 수직적인 관계도 물속에 들어가면 평등하고 동등해진다. 실력이 뛰어난 다이버도 자신보다 실력이 낮거나 부족한 버디를 만나면 그에게 모든 걸 맞춰야 하기 때문이다. 실력을 뽐내려고 앞서 나가다간 나도, 나의 버디도 위태로워질 수 있다. 그래서 물속에서는 상하 관계는 사라지고 오로지 서로를 보호하고 지켜 주는 관계만 남는다.

혜미는 지금까지의 불안과 고통을 모두 잊어버린 듯 기쁜 표정이었다. 물이라는 지옥이 파라다이스로 바뀌는 아이러니한 순간을 내게 솔직하게 보여 주었다. 탁한 어둠도 물이 주는 공포도 혜미가 느끼는 자유로움을 방해하지는 못했다. 그것은 굳이 말로 표현하지 않아도 잘 아는 기분이었다. 내가 아는 기쁨을 혜미도 알게 되어 기뻤다.

눈빛과 표정으로 전하는 감정은 말을 뛰어넘으려고 해서 더욱 진실에 가깝다. 진정한 감동은 언어를 초월하고, 언어로는 표현되지 않는다. 나는 혜미가 자신이 느끼는 포근함을 말이 아닌 표정으로 전해 줘서 고마웠다. 말은 적어 놓지 않으면 잊기 쉽지만, 표정은 눈동자에 새겨 놓으면 잊히지 않으니까. 우리는 서로 목숨을 맡기는 버디답게 소통을 한 것이다. 비로소 완전한 버디가 된 것 같았다.

물살이 세지자 우리는 훈련을 끝내겠다는 수신호를 교환하고 같은 속도로 올라왔다. 탱크에 공기가 얼마나 남았는지 잔압계를 확인한 뒤 장비 해체와 디브리핑을 마치고 계단참에 앉았다. 5층으로 이어진 통로가 마주 보였다. 물이 꽉 차서 6층 계단까지 올라온 물이 우리를 향해 손을 뻗었다 거두기를 반복했다.

혜미는 저 어둡고 출렁이는 물속에서 고요와 안정감을 느꼈다는 게 믿기지 않는 눈치였다. 그렇다고 방금 물속에서 겪은 우주적 경험을 말로 다시 표현하지는 않았다. 우리는 이미 물속에서 그곳 언어로 무중력의 느낌을 공유했으니까. 물 밖의 언어는 물속의 언어와 다르기에, 자칫하면 훼손될까 봐 일부러 하지 않았을 것이다.

물에 발을 담그고 묵주 기도를 하던 옥주 아줌마가 자기한테도 잠수하는 법을 가르쳐 줄 수 있느냐고 물었다. 어머니가 무사한지 가까이 가 보고 싶은 것이리라. 그런데 옥주 아줌마는 내 대답을 듣지 않고 자리에서 일어나 8층으로 올라가 버렸다. 나는 아줌마를 쫓아가 할머니는 저곳에 잘 계신다고 알려 드렸다. 입수하자마자 혜미와 내가 가장 먼저 확인한 게 할머니였으니까. 아줌마는 안심하는 표정을 지으며 고맙다고 말했다. 나도 안심했다. 아줌마가 이상한 생각으로 물에 발을 담그고 있었던 게 아니라서.

천둥 번개가 치고 비가 내렸다. 빨갛지는 않지만 토하듯 퍼부어 대서 빨갛게 느껴지는 비였다. 우리를 향해 손을 뻗는 물살이 거칠어지자 해일에 대한 두려움이 도졌는지 혜미가 한 발 물러앉았다. 그리고 두려움을 떨치려고 젖은 머리카락을 한쪽으로 모아 물기를 짜며 물었다.

"아홉 살 때부터 스쿠버를 했으면, 세호 넌 오래전에 진로가 정해졌겠구나."

딱 한 번 진로를 바꿔야 하나 심각하게 고민한 적이 있었다. 장비 점검 실수로 물속에서 정신을 잃은 후 샘 아저씨처럼 트라우마가 생겨서였다. 근데 막상 다이빙을 관두려고 하자 미래가 막막해졌다. 게다가 다이빙을 하면서 누렸던 즐겁고 행복했던 순간들이 나를 놓아 주지 않았다. 이미 깊이 중독된 것이었다. 내 혈관을 타고 도는 것은 피가 아니라 짠 바닷물이라고 우길 정도로.

그때 도움을 준 사람이 샘 아저씨였다. 나는 초심으로 돌아가 자만하지 않고 다시 훈련을 받았다. 그 경험은 내게 안전과 겸손, 무욕의 다이빙을 하게 만들었다. 중요한 건 그 후로 삶이 더욱 가깝고 소중하게 느껴진다는 것이다.

"꿈은 뭐야? 혹시 얄밉게 벌써 다 이룬 건 아니지?"

혜미가 머리카락을 비틀어 짤 때마다 내 무릎으로 물방울이 튀었다.

나의 롤 모델은 아저씨다. 그래서 아저씨를 따라 여기저기 다닐 때마다 꿈도 조금씩 바뀌었다. 신비한 동굴과 난파선을 경험하고 돌아오면 수중 탐험가가 되고 싶었고, 해양 오염의 심각성을 알게 됐을 때는 해양 환경 운동가가 되고 싶었다. 해난 사고가 일어나 인명 구조와 수색에 투입되는 아저씨를 보면 생명을 구하는 사람이 되고 싶었고, 아름다운 다이빙 포인트에 다녀온 날이면 포인트 개발자가 되고 싶었다. 과학 잠수사나 산업 잠수사, 해양 다큐멘터리 감독을 꿈꾸기도 했다. 다양한 분야의 꿈 같지만 결국은 모두 다 다이버였고, 다이버란 하나의 꿈은 바뀌지 않았다.

"넌 이미 다이버야."

혜미한테 인정받은 것은 아저씨한테 인정받았을 때와 또 다른 느낌이었다. 나는 혜미에게 그것말고도 꼭 이루고 싶은 꿈이 있다고 말했다.

"뭔데? 궁금하다."

혜미의 머리카락 끝에 물방울이 이슬처럼 맺혀 있었다. 왠지 모르게 그 물방울을 손바닥으로 받고 싶다는 생각이 들었다.

"별을 최초로 발견한 천문학자가 그 별에 자기 이름을 붙이는 것처럼, 누구도 디뎌 본 적 없는 다이빙 포인트를 개척해서 그 포인트에 내 이름을 붙이는 거. 샘 아저씨는 자기 이름을 딴 동굴 다이빙 포인트를 멕시코에 하나 가지고 있어."

"멋지다. 자기 이름을 붙이다니. 세호. 벌써 다이빙 포인트 이름 같아."

"또 하나는……."

"또 있어? 좋겠다, 많아서."

나는 참지 못하고 혜미의 머리카락에서 떨어진 물방울을 손바닥으로 받고 말았고, 혜미와 눈이 마주쳤다. 괜히 무안해서 급하게 말을 이었다.

"심, 심해 다이빙에 도전해 보고 싶어."

"몇 미터?"

"162미터. 120미터에서 160미터까지가 굉장히 도전하기 어렵고 힘든 수심이야. 사고도 많이 나는 지점이고."

"근데 왜 162미터야?"

"161미터는 아저씨가 이미 도전했거든."

"와, 멋지다."

"태평양 서부에 마리아나 해구라고 있는데, 지구에서 가장 깊은 바다야. 근데 마리아나를 탐사한 사람은 고작 네 명뿐이래. 10킬로미터밖에 안 되는데도. 수십만 킬로미터 떨어진 저 달에도 우주인을 보내는 시대에 말이야. 우주보다 더 밝혀진 게 없어서 그렇지 어쩌면 바다가 훨씬 우주스럽고 외계스러운 곳인지도 몰라. 바다는 지구 속의 또 다른 행성인 거야."

"마리아나, 마리아나."

혜미는 마리아나를 두 번이나 반복해 불러 본 뒤 말했다.

"다가가기 어려운 행성이라 그런지 이름도 예쁘다."

"네 이름도 예뻐. 혜미, 혜미."

나는 마치 혜미가 다가가기 어려운 행성인 듯 혜미의 눈을 똑바로 쳐다보지 못하고 시선을 떨구었다. 손바닥으로 받아 낸 물방울은 어느새 다 말라 있었다.

✳

비는 밤이 되어도 멈추지 않았고, 외출한 샘 아저씨는 돌아오지 않았다. 나는 아저씨를 대신해 창문 앞에 서서 언제 닥칠지 모를 지구의 몸부림을 감시했다.

저 멀리 빗줄기 사이로 불이 켜졌다. 시간이 갈수록 전깃불로 보이는 빛들은 점차 늘어났다. 군데군데 반짝이는 빛은 도시 밤하늘에 드문드문 떠 있던 별 같았다. 사람을 별이라 표현한 예술가의 언어가 이해되는 밤이었다. 빛이 있는 곳에 사람도 있다는 거니까. 낮에는 몰라도 밤에는 그 수를 헤아릴 수도 있으니까. 빛이 좌표가 되면 찾아갈 수도 있으니까.

우리도 불을 밝혀야 할 시간이었다. 양초 켜는 일은 이제 세아가 맡았다. 세아는 낮에는 해에 의지하고 밤에는 촛불에 의존하는 것 같았다. 다른 사람이 아닌 세아가 켜는 촛불에서 나도 마음의 안정을 얻었다. 세아가 웃으면 마음이 놓였고, 세아가 근심하면 가슴이 아팠다. 어리지만 눈치 빠른 세아는 언제부턴가 집에 가잔 얘기를 하지 않았다. 세아도 자기의 불안과 고통을 보이지 않는 곳에 심어 두고 지내는 것이다. 나는 그것이 무럭무럭 자라지 않기를 바랄 뿐이었다.

세아는 밝고 영리한 아이다. 늦둥이로 태어나 온 가족에게 탄생의 기쁨을 안겨 준 아이고, 식구들의 관심을 독차지해도 미운 구석이 없던 사랑스러운 아이다. 엄마에게는 자매처럼 수다를 떨어 주는 딸이었고, 아빠에게는 시시콜콜 잔소리를 해 대는 딸이었으며, 할아버지에게는 마냥 어리광을 부리는 손녀였다. 또래와 어울려 놀 때는 딱 제 나이로 돌아가 천진난만한 장난꾸러기가 되었다. 어린 게 어쩌면 그리도 필요한 역할을 구분해서 잘하는지, 신기하고 기특할 따름이었다.

그렇다면 나한테 세아는 어떤 동생인가. 행복하게도 그것들을 총망라하는 동생이었다. 함께 수다 떨며 장난치고 놀다가도 양말을 뒤집어서 벗어 놓거나 양치를 안 하면 귀 아프게 잔소리를 해 대고, 과자 사 먹을 용돈이 필요해지면 내 지갑이 열릴 때까지 떼를 쓰는 동생이었다.

세아의 탄생이 무엇보다 선물 같다고 느꼈던 이유는 친구가 없어서 우울하고 외로웠던 나한테 자주 말을 걸어 주었기 때문이었다. 갓 태어나 말을 하지 못하던 시절에도 세아의 맑은 눈을 들여다보고 있으면 세아가 말을 걸어 오는 것 같았다.

오빠, 왜 그렇게 우울해 보여? 애들이랑 또 싸웠어? 오늘은 학교에서 어땠어? 다이빙은 할 만해?

말을 걸어 주는 게 얼마나 따뜻한 위로가 되는지, 말로 인해 얼마나 큰 마음의 안정을 얻을 수 있는지 세아를 통해 알았다. 세아가 옹알이밖에 못 하니까 저절로 내 입에서 말이 나오기도 했다. 세아의 무구한 얼굴을 쳐다보고 있으면 무슨 말이든 하게 되었다.

왜 이렇게 귀엽니? 커서 어떤 사람이 될 거니? 분유를 얼마나 많이 먹었길래 주먹을 꽉 쥐고 있는 거니? 뭐가 좋아서 매일 생글생글 웃는 거니? 언제 커서 오빠라고 불러 줄 거니?

어느 날 문득 세아 때문에 내가 자주 웃는다는 걸 알았다. 온 가족이 함께 키운 세아 덕분에 가족 관계는 더욱 끈끈해졌다.

그렇게 세아와 이런저런 얘기를 나누다 보면 우울한 기분은 옅어졌고 고민도 해결되었다. 세아한테는 다른 가족에게 차마 꺼내지 못했던 한심하고 부끄러운 얘기도 거리낌 없이 할 수 있었다. 나보다 나이가 어린 건 문제가 되지 않았다. 내 마음을 얼마나 잘 헤아려 주느냐가 중요했다.

세아는 나보다 여덟 살 많은 누나처럼 어떤 일이든 나를 이해해 주고 격려해 주었다. 잠수 트라우마를 겪었을 때 아저씨와의 훈련이 몸에 도움을 주었다면, 세아와의 대화는 마음에 도움을 주었다. 훈련을 마치고 집에 돌아가면 세아는 귀찮을 정도로 나를 따라다니며 말을 걸었다. 세아의 마수에 걸려들어 한참 떠들다 보면 나쁜 기분과 초조한 마음은 말들 사이로 빠져나가고 심장이 정상 속도로 뛰었다.

비바람에 창문이 덜컥거렸다. 어둠이 가까워지자 세아는 옷을 갈아입었다. 손재주 좋은 옥주 아줌마가 커튼으로 빌딩 아이들이 입을 만한 옷을 만들어 주었는데, 세아도 한 벌 받았다. 새 옷으로 갈아입은 세아는 성냥을 그어서 다섯 개의 양초에 차례차례 불을 붙였다. 친절하게 이건 오빠 거, 언니 거, 아저씨 거, 루나 거, 내 거라고 말하면서. 바깥의 바람소리를 목소리로 이겨 보려는 것이었다. 그렇게 이름을 붙이니 촛불이 왠지 각자의 성향대로 일렁인다는 느낌이 들었다.

혜미는 자기 촛불 아래서 로그 북을 쓴 뒤『이방인』을 펼쳤고, 천방지축 루나는 세아의 손가락을 깨물며 놀았다. 아저씨 촛불만 빈자리를 덩그러니 밝히고 있었다. 비도 많이 내리는데 아저씨는 어디를 간 걸까. 혹시 그녀의 안부를 물으러 갔을까. 그런 거라면 펄럭이는 흰 깃발을 달고 돌아왔으면 좋겠다. 누구도 잃지 않고 패배하지도 않았으면 좋겠다. 그리고 아저씨의 귀가가 늦어지지 않았으면 좋겠다. 사실 아저씨보다 해일이 먼저 와 버릴까 봐 겁이 났다.

나는 아저씨를 기다리며 세아와 나를 구해 준 로그 북에 오늘 하루를 기록했다. '그날' 이후 나는 로그 북에 예전과 다른 내용을 적고 있다. 다이빙 기록이 아닌, 살아남은 사람들과 변해 가는 도시의 모습을 일기처럼 매일 써 나가고 있다. 깨알 같은 글씨로 쓰는데도 기록할 이야기가 많아서 한 페이지가 금방 차 버린다.

우리는 먼저 저녁을 먹기로 했다. 빌딩을 찾아온 사람들한테 식료품을 나눠 주고 났더니 남은 게 얼마 없었다. 생수도 부족했다. 조만간 다이빙을 나가야 할 것 같았다. 혜미가 그때는 자기도 꼭 함께 가게 해 달라고 말했다. 그동안 훈련을 열심히 했으니 가능할 것이다. 우리는 아저씨의 몫을 남겨 놓고 카레를 먹었다. 아저씨 자리를 촛불이 대신 지키고 있어서 허전하지는 않았다.

"오빠, 지금은 여름방학이니까 방학 끝날 때쯤에는 학교 갈 수 있겠지?"

세아의 물음에 혜미가 내 얼굴을 쳐다봤다. 바닷물이 계속 불어나는 마당에 끝이 언제가 될지 누구도 알 수 없어서였다.

"세아는 학교에 가고 싶니?"

혜미가 세아의 그릇에 카레를 덜어 주며 물었다.

"응."

"왜?"

혜미의 눈동자가 촛불에 반짝였다.

"친구들 보고 싶어."

"세아는 친구가 많나 보구나."

"언니는 학교 가기 싫어?"

세아가 루나의 그릇에 사료를 부으며 물었다.

"이제는 가고 싶어."

"옛날에는 가기 싫었어?"

"응."

"왜?"

세아가 이해할 수 없다는 얼굴로 고개를 갸웃거렸다.

"친구가…… 없어서."

혜미는 부끄러운 듯 고개를 떨군 채 작은 목소리로 말했다.

"이젠 생길 거야, 언니."

"어떻게 알아?"

혜미가 고개를 들어 세아를 쳐다봤다.

"살아남았으니까."

"……."

"살아남았으면 그것만으로도 모두 친구가 돼야 해."

그렇다. 살아서 혜미와 내가 친구가 되었고, 루나와 혜미가 친구가 되었고, 세아와 루나가 친구가 되었고, 아저씨와 혜미가 친구가 되었다. 그리고 빌딩 사람들과도 친구가 되었다. 우리 모두는 친구가 되었다. 모두 같은 불행과 절망과 고통을 겪어서 친구가 되었고, 이를 같이 겪어 주는 친구가 있어서 견딜 수도 있을 것이다.

우리의 친구 아저씨가 외출에서 돌아온 것은 아저씨 자리에 놓인 양초가 많은 양의 눈물을 쏟으며 굳어 갈 때였다. 밑바닥에 고인 촛농이 물결 모양이라 그런지 양초는 물에 잠긴 듯한 모습을 하고 있었다. 내내 저 홀로 불을 밝히고 있던 자리에 아저씨가 돌아오자 촛불이 갑자기 출렁이기 시작했다. 왠지 양초가 좋아서 빨개진 얼굴로 흥얼거리는 것처럼 보였다. 어쩌면 내가 흥얼거린 것인지도 모르겠다. 해일보다 아저씨가 먼저 돌아와서.

아저씨는 비에 흠뻑 젖은 상태였고, 몹시 지치고 피곤해 보였다. 나는 아저씨에게 수건과 카레를 건네며 어디 다녀오신 거냐고 물었다. 아저씨는 배가 많이 고팠는지 밥을 허겁지겁 먹으며 말했다.

"모터보트를 구했다."

"어떻게요?"

"대신 나눠야 하는 분량이 많아졌지만 멀리 갈 수 있으니까. 물건 가져오기도 수월할 거야. 그물을 쓰기로 했고, 그들도 돕기로 했거든."

노를 젓지 않아도 되고, 포인트에 빨리 도착하면 그만큼 아낀 시간과 체력을 다이빙에 쓸 수 있을 것이다. 팔 상태가 많이 좋아진 윤씨 아저씨도 다이빙 나갈 때 함께하겠다는 뜻을 알려 왔다고 했다. 스쿠버 경험이 있어서 잠수에도 동참하길 원한다고. 11층 민규 형도.

"잘됐네요, 아저씨."

혜미와 세아도 아저씨가 돌아와서 좋은 것 같았다. 둘의 촛불도 아까와 달리 흥얼거리듯 춤추며 붉게 타올랐다. 각자의 촛불 아래 다섯이 모여 감자 먹는 사람들 자리가 만들어지자 무엇도 두려울 게 없는 밤이 되었다. 모두의 마음이 놓인 가운데, 아저씨가 생수를 들이켜며 세아에게 그림을 읽어 달라고 부탁했다.

"어떤 걸로 읽어 드릴까요?"

맞춤 서비스를 해 드리겠다는 세아의 말투에 아저씨가 지그시 웃으며 대답했다.

"나와 어울리는 걸로."

고민에 빠진 세아가 아저씨를 뚫어지게 쳐다봤다.

"샘 아저씨니까……."

세아가 책장을 뒤지며 말을 이었다. 그러고는 손바닥으로 갈피를 꾹 누르고 읽기 시작했다.

"마르셀 뒤샹은 혁신적이고 실험적인 예술가로 유명합니다."

"나도 이름은 들어 본 것 같다."

아저씨는 카레를 금세 다 해치웠고, 혜미는 무릎에 올려 둔 『이방인』을 덮고 테이블 가까이 앉았다.

"뒤샹은 하얀 도기 소변기를 스튜디오로 가져와 거꾸로 뒤집어 놓고 '리처드 머트'라는 이름을 적었습니다."

"자기 이름을 안 썼구나."

세아는 아저씨가 중요한 부분을 지적했다는 듯 눈썹을 올리며 다음 대목을 읽었다.

"혁신을 내세운 미국 무명 예술가 협회가 주최하는 전시회에 작품을 출품하려는 것이었습니다. 이 협회는 참가비만 내면 어떤 작품이든 심사를 거치지 않고 출품할 수 있는 곳이라서, 회원이었던 뒤샹은 그들이 정말로 혁신적인지 알아보고 싶었다고 합니다."

"과연 알게 됐을까."

생수통을 비우며 아저씨가 말했다.

"협회에서는 작가가 손수 만든 작품이 아니란 이유로 전시할 수 없다는 결론을 내렸습니다."

"뒤샹이 화가 많이 났겠는걸."

아저씨의 말에 세아가 고개를 끄덕이며 마저 읽었다.

"결국 뒤샹은 협회를 탈퇴했습니다. 원래 작품은 사라져서 찾을 수 없고 지금은 복제품만 남아 있습니다. 뒤샹 작품은 대부분 다시 만들어졌는데요, 사람들이 쓰레기라 생각하고 버려서라고 합니다."

변기를 사다 이름만 적으면 되니 뒤샹의 작품은 얼마든지 금방 만들어 낼 수 있었을 것이다.

"근데 그게 왜 나와 어울린다는 거지?"

아저씨가 세아의 얼굴을 귀엽다는 듯 들여다봤다.

"그 소변기 제목이 〈샘〉이거든요."

"제목은 〈샘〉이지만 결국은 소변기인데……."

아저씨는 조금 당황한 듯 턱을 만지작거렸다.

"기분, 나쁘셨어요?"

세아가 아저씨의 눈치를 살피며 조심스럽게 물었다.

"뒤샹이 기분 나빴겠다. 소변기를 뒤집어 놓으면 샘이 된다는 발상을 아무도 이해 못 해 줘서."

아저씨의 기분이 괜찮다는 것을 확인한 세아는 안심하고 나머지 부분을 읽었다.

"소변기에 적은 '리처드 머트'는 변기를 만든 회사의 이름이었습니다. 현재 뒤샹의 작품은 20세기를 대표하는 작품으로 높게 평가받고 있고, 뒤샹은 '레디메이드'를 창조해 낸 전설적인 예술가로 추앙받고 있습니다."

세아가 레디메이드가 무슨 뜻이냐고 묻자 혜미가 '이미 만들어져 나오는'이라고 설명해 주었다.

"내 이름과 같은 제목이라서 절대 잊어버리지 않겠는걸."

아저씨가 웃으며 고개를 끄덕였다.

"재밌네. 뒤샹은 소변기를 사다 가짜 사인만 했는데. 손재주가 없어도 아이디어만 있으면 예술가가 될 수 있다는 거잖아. 중요한 건 기술이 아니라 발견이란 거지."

혜미가 말했다.

우리는 그 뒤로도 양초가 짧아질 때까지 계속 이야기를 이어갔다. 모터보트가 있으니 양초를 오래 켜 두어도 된다고 생각해서 잠자리에 드는 시간을 자꾸 미루는 것 같았다. 각자의 양초에서 흘러내린 촛농이 쌓이고 쌓여 초 모양이 울퉁불퉁해졌다.

"양초 심지에 굵은 소금을 뿌리면 촛농이 흐르지 않는다던데."

혜미가 길어진 양초 심지를 가위로 일일이 잘라내며 말했다. 그러나 나는 촛농이 흘러내리는 양초가 더 아름답다고 생각했다. 타들어 가는 고통 후 흔적이 남아서. 아무것도 남지 않고 깨끗하다면 기억나지도 않을 것이다. 모처럼 양초가 맘 놓고 오래 타들어 가는 밤이었다.

하지만 종일 내리던 비가 그치자 물은 계단 두 칸을 삼켜 버렸고, 도시의 키는 그만큼 줄어들었다.

✳

전기가 제대로 들어오지 않아서 빌딩 사람들은 어두워지면 일찍 잠자리에 들었다. 매일 내리다시피 하는 비와 갈수록 잠기는 도시는 사람들을 불안과 공포에 떨게 하고 지치게 만들었다.

'그날' 이후 우리는 전기가 발명되기 이전의 시대처럼 살았다. 불편한 것들이 너무 많았지만 앞으로 얼마나 더 원시적인 생활이 이어질지 알 수 없었다. 복구가 어려워서 이대로 몇 달을 지내야 할 수도, 도시가 완전히 잠겨서 복구고 뭐고 아예 끝나 버릴 수도 있었다.

"그러지는 않을 거야."

민규 형이 말했다.

"지구의 수증기량은 정해져 있어. 물의 순환 과정 알지? 과학 시간에 배우잖아. 물이 증발해서 수증기가 되고, 수증기가 차가운 공기를 만나 응결해서 구름이 되고, 구름이 비와 눈을 뿌리고, 그물이 다시 증발하고."

"정해져 있다면서 지금은 왜 저렇게 넘쳐나는데요?"

민규 형이 촛불을 쳐다봤다. 형도 답을 못 찾은 걸까.

"원래 양이 저랬는데, 그동안 어디 잠깐 숨어 있었던 거지."

왠지 사이비 과학 같아서 믿음이 안 갔다.

민규 형은 밤에 어두우면 잠을 못 잤다. 불빛이 조금이라도 보여야 눈을 붙일 수 있어서 내가 매일 밤 양초를 챙겨 주고 있다.

"형은 가족 걱정은 안 돼요?"

지금까지 지켜본 민규 형은 다른 사람들보다 마음의 동요가 적었다.

"다들 무사할 거야. 잘난 사람들이라 높고 튼튼한 데에 있거든. 직장도, 사는 집도."

스물아홉 살인 민규 형은 마땅한 직업을 찾지 못하고 아르바이트를 전전하며 살았다. 의사와 법조인 집안에서 유일하게 자기만 내세울 게 없다고, 형은 자신감 없는 목소리로 말했다. 그래서 부모님은 자신을 아들로 둔 걸 부끄러워하고, 형들은 자신을 동생으로 둔 걸 창피해한다고 생각했다.

"자기들 수준에 못 미치는 인간이니 이참에 아예 사라지길 바랄까?"

형은 최근까지 심한 우울증으로 자살 충동에 시달렸는데, 자신보다 세상이 먼저 끝장나자 증상이 감쪽같이 없어졌다고 했다. 다 같이 공평하게 사라진다고 생각하니 덜 억울했고, 허무하게 무너지는 게 삶임을 깨닫자 의사도 판사도 별거 아닌 것처럼 느껴졌다고.

그런데 며칠 지내 보니 재난도 공평하지만은 않더라고 했다. 그조차 계급에 따라 삶과 죽음이 갈리고, 재난에 희생되는 사람은 부자보다 가난한 사람이 훨씬 많더라고. 형은 이 불행한 재난을 가족들의 진심을 알아볼 기회로 삼을 거라고 했다. 그래서 형은 어디로도 떠나지 않고 빌딩에 머물렀다.

"가족들이 많이 걱정하고 있을 거예요. 자식이 죽기를 바라고 동생이 잘못되길 바라는 사람은 세상에 없어요."

민규 형은 깊은 한숨을 내쉬며 촛불만 바라봤다. 불꽃이 그 한숨에 꺼질 듯 움츠러들었다.

"형은 살아남았잖아요."

그때, 형이 나를 쳐다봤다. 촛불에 비친 눈에서 형의 진심이 무엇인지 알 수 있었다. 마음을 좀체 드러내지 않는 사람이지만 세아처럼 형도 저 위태로운 촛불에 의존하며 짙은 밤을 간신히 버티고 있었다.

"아저씨가 해일이 한 번으로 그치지는 않을 거랬어요."

나는 촛불로 시선을 떨구며 말했다.

"그래? 그거 참 잘됐네."

민규 형이 모질고 사나운 어조로 말했다.

"남은 저 높고 튼튼한 건물들까지 싹 다 없어져서 완전히 공평해지면 좋겠어."

그러나 독한 말을 뱉어 낸 민규 형의 입술이 가느다랗게 떨리는 걸, 나는 보고 말았다.

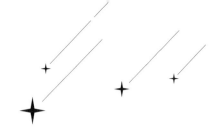

슬픈 다이빙

세아가 좋아하는 모네의 동이 튼 아침이었다. 비바람에 씻긴 도시는 깨끗했고, 물은 좀 더 시퍼레졌다. 물이 멀리 데려갔거나 가라앉았는지 물 위를 떠다니는 잔해와 주검은 점점 줄어들었다. 슥슥, 끅끅 소리도 같이 줄어들었다.

사연이 사라지자 건물만 물 위로 삐죽 솟은 모습이 덜 끔찍해 보였다. 대신 너무 황량해서 내가 알던 도시가 아닌, 낯선 태평양 한가운데 고립된 느낌이었다. 갈수록 시퍼레지는 물빛은 심장을 설레게 하던 푸른빛이 아니라 지구가 때려서 생긴 멍빛 같아서 마음이 시큰거렸다. 불행하게도 지구는 더 때릴 기세였다. 단지 푸른빛 뒤에 숨어 팔을 휘두를 시기를 저울질하고 있을 뿐이었다.

아저씨와 나 그리고 혜미는 모터보트를 타고 길을 나섰다. 지난번처럼 꼬박 하루가 걸리는 여정은 아니라서 세아와 루나 걱정은 조금 덜 되었다. 더구나 란희 누나한테 노래를 또 부탁해 뒀으니까. 세아도 우리가 금방 다녀올 걸 알고 햇빛 속에서 손을 흔들어 주었다. 세아가 어떤 표정을 짓고 있는지 환하게 보여서 안심되었다.

세아한테는 얘기하지 않았지만, 오늘 우리가 가는 곳은 우리 집이다. 왜 말하지 않았는지는 나도 알 수 없다. 누군가 그렇게 시킨 것 같았고, 따르길 잘했다고 생각했다. 나를 향해 손을 흔드는 세아의 표정이 밝았으니까.

섬이라 생각했던 것들이 도시의 비석임을 알고 두 번째로 나서는 길. 그 이정표를 따라 아저씨가 보트를 몰았다. 속도가 빨라서 바람에 머리카락이 거칠게 흩날렸다. 혜미의 긴 머리카락이 내 얼굴을 스칠 때마다 비누 향이 났다. 샴푸가 없어서 비누로 머리를 감는데도 좋은 향이 났다. 혜미의 머리카락이 닿지 않을 때는 물 냄새가 났다. 혜미를 위해 다음에는 샴푸를 구해 와야지.

혜미가 고개를 돌려 나를 쳐다봤다. 눈빛에 불안과 걱정이 가득 담겨 있었다. 애써 아무렇지 않은 척하고 있었지만 실은 나도 불안해서 숨쉬기가 어려웠다. 혜미가 내 쪽으로 바짝 당겨 앉으며 내 손을 가만히 잡아 주었다. 혜미의 손을 잡은 채 심호흡을 깊게 하자 숨쉬기가 조금 편안해졌다. 그날 혜미도 집에 가는 길이나 같았을 텐데⋯⋯. 손을 잡아 주지 못한 게 미안했다.

혜미는 내 마음을 안정시켜 주려고 가는 내내 말을 시켰다.

"사실, 우리 엄마 아빠는 별거하는 거나 다름없이 살았어."

혜미가 고백하듯 말했다. 혜미의 말은 바닷바람이 몇 자 먹어 버려 중간중간 끊겨서 들렸다.

"한집에 살지만 거의 남남처럼 지냈어. 밥도 따로 먹고, 잠도 따로 자고, TV도 따로 보고. 아빠는 주말에 따로 만나는 애인도 있었어."

누구한테든 털어놓고 싶었던 이야기인 듯했다. 그게 파도라도, 바닷바람이라도. 혜미의 목소리가 자꾸 끊겨서 들리는 건 파도와 바닷바람이 들어 주기 때문이라고 생각했다. 그리고 혜미가 나보다 더 불안해서 말을 필요로 한다는 것도 알고 있었다.

"이혼해서 진짜 따로 사시면 되잖아."

내가 말했다.

"그것도 쉬운 일은 아니었나 봐. 사회적 지위나 이미지에 안 좋으니까. 나 대학 들어갈 때까지 미룬 것도 있고."

"힘들었겠다. 두 분 사이에서."

"한집에 사는데도 성적표가 나오면 따로 보여 드려야 하고, 진로 상담도 따로 해야 하고, 야단도 따로 맞고, 실망한 표정도 따로 보고."

우리의 몸이 보트 위에서 크게 한 번 출렁거렸다.

"나중에는 나도 따로가 되더라. 따로 밥 먹고, 따로 TV 보고, 따로 주말을 보내고. 우린 이미 가족이 아니었어. 그래도 큰소리로 서로에게 욕하고 상처 주며 사는 것보다는 낫다고 생각했어. 더나쁘고 비참한 걸 상상하니까 엄마 아빠가 택한 방식이 점잖은 것 같아서 받아들일 수 있었어."

그러면서 혜미는 이렇게 말했다.

"그 따로가 지금은 모두를 살렸으면 좋겠다는 생각이 들어. 엄마 아빠가 '그날'도 다른 데서 따로 시간을 보내서 안전했기를 말이야."

나 또한 그랬기를 바란다고 혜미에게 말해 주었다. 돌아보면 비극이 비극이 아니고, 나쁜 게 꼭 나쁜 것만은 아니기도 하다.

학교 폭력은 결코 정당화될 수 없지만, 학폭을 당했던 그 시기가 내 인생에는 나쁘게만 작용하지 않았다. 그 일을 계기로 공부는 꼴등 해도 다른 데서 1등을 하면 된다는 아빠의 진심을 알았고, 할아버지는 나를 최고의 다이버인 아저씨에게 데려갔고, 나는 다이빙이란 세계에 푹 빠져들었으니까. 그리고 어떤 폭력도 정당하지 않다는 걸 깨달았으니까.

어느 날, 엄마가 갓 태어난 세아를 품에 안고 젖을 먹이며 내게 말을 걸었다. 2박 3일 일정으로 다이빙 훈련을 마치고 돌아오던 날이었다.

"다이빙은 재밌니?"

엄마가 처음으로 다이빙에 대해 물었다. 그동안 관심이 없었던 게 아니라 지켜보고 있었던 것 같았다. 흠집이라도 날까 봐 세아의 부드러운 볼을 살살 만지며 나는 고개를 끄덕였다.

"얼마나 재밌어?"

나는 어떻게 표현하면 내가 느끼는 재미의 정도가 엄마에게 잘 전달될까 고민한 뒤 말했다.

"살아 있는 게 감사할 정도로. 다이빙은 매번 감동을 줘."

엄마의 눈가에 갑자기 눈물이 맺혔다. 생각지도 못한 대답을 들었다는 표정이었다. 엄마는 안도하는 얼굴로 공부가 하기 싫고 학교생활이 맞지 않으면 굳이 학교를 다니지 않아도 된다고 말했다. 나는 엄마가 그렇게 개방적인 사람인지 미처 몰랐다. 엄마는 학교가 아니라도 지식을 쌓고 세상을 배울 수 있는 길은 여러 가지라며, 고통과 상처를 받으면서까지 다닐 필요는 없다고 했다. 내가 좋아하고 마음이 기우는 쪽을 통해 배워 나가는 삶도 나쁘지 않다고. 엄마가 눈물을 닦으며 말했다.

"세호 네가 좋아하는 걸 찾아서 엄마는 너무 기쁘다. 그리고 미안해."

"기쁜 건 알겠는데, 엄마가 왜 미안한지는 모르겠는데."

나의 모른 척에 엄마는 말없이 그냥 웃기만 했다. 나는 엄마에게 이 한마디만 했다.

"세아가 태어났으니까, 괜찮아."

나는 알고 있었다. 엄마가 나를 생각해서 바쁘고 어려운 형편에도 세아를 낳았다는 것을. 그리고 엄마는 나의 우울한 마음과 외로운 일상에 대해서도 다 알고 있었다는 것을. 그게 엄마란 사람이 가진 초능력이라는 것을. 나를 말없이 지켜봤던 엄마는 말없이 세아를 낳아서 말없이 나를 지켜 주고 싶었다는 것을.

친구의 폭력으로 나한테도 가족이 있다는 걸 알게 됐지만, 다이빙은 그보다 더 깊이 가족의 소중함을 일깨워 준 계기였다. 외계 같은 바다의 망망함에서 문득 외로움을 느낄 때마다, 무사히 다이빙을 마치고 물 밖으로 나올 때마다, 죽다 살아 돌아왔다고 느낄 때마다, 바깥 공기로 자유롭게 숨을 쉴 때마다, 바람이 살갗에 스칠 때마다, 뜨거운 태양 빛에 눈이 부실 때마다 가까운 사람들의 얼굴이 떠올랐다. 그들을 볼 수 있어서 얼마나 기쁜지, 그들이 거기에 있어서 얼마나 든든한지, 돌아갈 곳이 있어서 얼마나 아늑한지, 내가 아무것도 없는 사람이 아닌 게 얼마나 다행인지. 사랑하지 않았던 것을 사랑하게 되었고, 사랑했던 것은 더 사랑하게 되었으며, 너무 작고 사소해서 의미가 없다고 지나쳤던 것들도 다시 돌아보게 되었다.

바다 깊은 곳에서 가져온 마음의 평화와 여유는 악몽 같던 학교생활을 이어가게도 해 주었다. 엄마의 허락에도 나는 학교를 그만두지 않았다. 공부는 꼴등이어도 다이빙은 1등이었으니까. 학교에서는 경쟁하라고 가르치지만 다이빙은 경쟁하지 말라고 가르치니까. 학교에서는 속도를 내라고 부추기지만 다이빙은 느린 속도로 버디와 함께 나아가라고 하니까. 서로 보살피고 도우라고 하니까. 느린 움직임으로 누군가를 도우면서도 1등을 할 수 있으니까.

다이빙은 이기려는 경쟁심보다 져도 괜찮은 보살핌을, 바쁜 속도보다 차분한 느림을 지향하는 세계다. 세상이 물속이라면 우리는 모두 그런 인간관계를 맺으며 살 수 있을 것이다.

"그렇게 살라고 물에 가둬 버렸을까."

혜미가 물에 잠긴 도시를 아득한 눈으로 쳐다보며 말했다. 어떤 빌딩은 며칠 전까지 있었던 창문 한 줄마저 사라져서 아예 보이지 않았다.

"잠기니까 사라져 버리긴 했어. 경쟁도 속도도, 꼴등도 1등도. 서로 도와야만 살 수 있잖아. 우린 지금 다이빙의 세계를 살고 있는 건지도 몰라."

물속은 지구 안의 다른 행성이기에 다른 생활 방식과 사고방식이 필요했던 것뿐이지만, 그 방식은 물 밖의 우리에게도 간절히 필요했던 것인지도 모르겠다. 몰랐기에 우리는 벌을 받고 있다.

집에 다 왔다는 이정표가 보였다. 나는 자리에서 벌떡 일어났다. 왜 우리 집만은 물에 잠기지 않았을 거라는 상상과 기대를 했을까. 빨간 벽돌집은 보이지 않았고, 이쯤에 집이 있을 거란 추측만 할 수 있었다. 우리 집 옆집과 앞집도 보이지 않았고, 동네의

명물이었던 메타세쿼이아들은 물 위로 간신히 우듬지만 내밀고 있었다.

그러자 집이 저 자리에 없을 거라는, 완전히 무너져서 휩쓸려 가 버렸을지도 모른다는 생각이 들었다. 물 위를 떠다니는 침묵의 잔해가 되어 내가 알아보지 못하는 사이 슥슥, 끅끅 스쳐 지나 갔을지도 모른다고.

아저씨는 어느 때보다 내게 집중할 것을 굳은 표정으로 주문하고 잠수 준비와 계획을 절차대로 진행했다. 그리고 우리는 입수했다.

느린 걸음으로 물속을 거닐어 집에 가는 길. 버스에서 내려 횡단보도를 건넌 뒤 세 그루의 메타세쿼이아가 지키고 있는 큰길을 따라 걷는다. 한참 걷다 보면 약간 기울어진 가로등과 영미 슈퍼가 나온다. 그곳을 지나 백조 세탁소와 언니네 미용실을 거쳐 모퉁이를 돌면 느티나무 옆에 빨간 벽돌로 지어진 단층 양옥집이 보인다. 나는 그 길을 발로 디뎌서 가지 않고 새처럼 날아서 갔다. 지도를 보듯 내가 살던 동네를 공중에서 내려다보며 헤엄쳐 갔다.

허공을 날아 집을 찾아가는 꿈을 여러 번 꾼 적이 있었다. 지금도 꿈을 꾸는 것처럼 머릿속과 시야가 몽롱했다. 수심이 깊어질수록 현실감이 들지 않았다. 무언가가 다리를 바닥으로 잡아당기는 느낌이었다. 몸이 무거워지면서 잠수가 힘들어지기 시작했다. 바닷속은 늘 상상 이상으로 낯설고 아름답고 신비해서 비현실적이었는데, 지금은 내가 살던 집을 잠수해서 찾아가야 한다는 사실이 상상 이상으로 이상해서 비현실적이었다.

내 상태를 예상했다는 듯 아저씨가 랜턴으로 수신호를 보냈다. 깜빡거리는 불빛이 나를 몽롱함에서 깨어나게 했다. 물고기들이 지느러미를 흔들며 나와 같은 방향으로 헤엄쳐 가는 모습이 보였다. 물속이란 사실을 물고기가 다시 한번 환기시켜 주었다.

현실을 직시한 나는 숨을 천천히 내쉬며 하강했다. 내 팔로도 둘치가 감아지지 않던 메타세쿼이아 세 그루는 온전한 모습이었지만 기울어진 가로등은 부러진 채 바닥에 누워 있었고, 영미 슈퍼는 그 자리에 없었다. 백조 세탁소와 언니네 미용실은 간판이 떨어져 나가서 무슨 가게였는지 알 수 없었다.

나는 손으로 벽을 짚으며 모퉁이를 돌았다. 그러자 너울너울 춤추는 느티나무 옆으로 빨간 벽돌집이 보이기 시작했다. 그리운 우리 집이, 거기 있었다. 흐물거리는 너울을 따라 흐물거리며 서 있었다.

우리는 무너진 대문과 담벼락을 지나 마당으로 들어섰다. 아빠와 나란히 누워 달을 보던 평상은 없어졌다. 엄마의 유일한 취미인 화단의 식물들과 할아버지의 낭만 스쿠터, 세아의 발랄한 자전거, 나의 키다리 농구 골대도 보이지 않았다. 아무리 봐도 우리 집이 아닌 것 같았다. 주소를 잘못 찾아왔거나 다들 나 모르게 어디론가 이사를 가 버린 집 같았다. 재개발로 모두 이주를 해서 아무도 살지 않는 유령 동네 같았다.

집 안으로 들어가기를 망설이는 나 대신 아저씨가 먼저 진입했다. 그리고 뒤미처 내가 따라 들어갔다. 현관 입구부터 도둑이 든 것처럼 살림살이가 난장판으로 흩어져 있었다. 모두 다 가족들이 사용하던 익숙한 물건들이었다. 우리 집이 맞았다. 미술책이 꽂혀 있는 세아의 방, 최고의 다이버를 꿈꾸던 나의 방, 트로트를 들으며 혼자 바둑 두는 걸 좋아했던 할아버지의 방. 아무도 없는 그 방들을 물과 물고기가 차지하고 있었다.

그때, 아저씨가 다급하게 수신호를 보내왔다. 안방이었다. 나는 할아버지 방에서 나와 거실을 건너 안방으로 빠르게 헤엄쳐 갔다.

엄마와 아빠였다.

다리에 힘이 풀리면서 눈물이 차올랐다. 나를 감싸고 있는 짠 바닷물이 모두 내 눈물 같았다. 아니, 그것으로도 부족했다. 소리를 지르고 싶었지만 물속이라 지를 수 없었다. 대신 심장이 고동으로 소리를 질렀다. 손가락 하나 움직여지지 않아서 몸이 저절로 바닥으로 가라앉았다. 나는 믿기 끔찍한 현실 속에 잠겨 있었다.

핀으로 바닥을 건드려서 일어난 부유물에 물이 탁해지고 말았다. 눈앞이 어두워지자 어떻게 해야 할지 더욱 암담해졌다. 방향을 잃어버린 채 캄캄한 동굴에 혼자 갇힌 느낌이었다. 아무것도 안 보이면 아무 생각도 안 나고 고통스럽지도 않을 것 같아 계속이 어둠에 갇혀 있고 싶었다. 그러나 심장은 어둠에 갇혀서도 보고 생각하고 고통스러워하느라 가쁘게 뛰었다. 내 숨도 가빠졌다.

가쁜 숨과 탁한 시야 사이로 아저씨의 모습이 랜턴 불빛과 함께 보였다. 아저씨는 장롱 문을 열고 안에서 이불을 끄집어내고 있었다. 지체할 시간이 없다는 걸 내 가쁜 숨이 알려 주었다.

물속에서는 이성을 찾아야 한다. 나뿐만 아니라 다른 사람의 시야까지 가릴 수 있어 핀으로 바닥을 건드리지 않는 건 다이빙의 기본 규칙인데, 그조차도 지키지 못했다. 나는 내가 아닌 버디를 위해 얼른 몸을 추스르고 일어나 아저씨를 도왔다. 정신을 집중하자 가빠진 숨도 제자리를 찾아갔다.

물에 젖은 솜이불은 굉장히 무거웠다. 물속에서는 무거운 물건을 옮길 때 천천히 움직여야 한다. 과하게 힘을 쓰다 호흡이 빨라지면 위험한 상황에 놓일 수 있고, 과호흡으로 기체가 부족해지기라도 하면 사고로 이어질 수 있기 때문이다.

이불을 모두 꺼내자 큰 공간이 생겼다. 우리는 차디찬 엄마와 아빠를 수습해서 빈 장롱 안에 안치했다. 많이 훼손된 상태라 엄마 아빠는 붙들면 쉽게 물크러졌다. 흩어지는 엄마 아빠를 보는 게 처음에는 몸서리치게 괴로웠지만, 내 손으로 해야 하는 일이고 마지막 도리라고 생각하자 마음이 점점 단단해졌다.

시신을 거둬 본 경험이 많은 아저씨의 도움으로 수습은 경건하면서도 빠르게 진행되었다. 결혼한 지 십오 년 만에 엄마가 욕심 부려서 장만한 열두 자 장롱은 그대로 관이 되었다. 물고기 떼의

공격으로부터 엄마 아빠를 보호하고 유실되지 않게 하려면 이 방법뿐이었다. 물 밖으로 모시고 나갈 수는 없었다. 묻을 땅이 없기 때문이었다.

우리는 문을 닫은 뒤 나이프로 이불 천을 찢어서 문이 열리지 않게 손잡이를 단단히 묶었다. 나는 문에 손바닥을 대고 말했다.

'엄마, 아빠, 잠시만 여기 계세요. 다시 올게요.'

우리는 안방을 나가 할아버지를 찾으러 다녔다. 그러나 할아버지는 어디에도 없었다. 이미 유실된 것인지 다른 안전한 곳에 무사히 계신 것인지 알 수 없었다. 무감압 한계 시간을 넘어 40분을 더 물속에 머물렀는데도 할아버지는 보이지 않았다.

할아버지는 없었지만 다른 사람들은 있었다. 모두 누군가 애타게 찾고 있을 사람들이었다. 우리는 상승 신호를 교환한 뒤 천천히 수면으로 올라갔다. 가장 슬픈 다이빙이었다.

빌딩으로 돌아가는 길. 물 밖으로 나왔으니, 시끄러운 소리를 내며 비까지 퍼붓고 있으니 소리 내어 울어도 되고 비명을 질러도 되는데 내 몸에서는 어떤 소리도 나오지 않았다. 발버둥도 쳐지지 않았다. 우리의 마지막 생존 방식대로 담담하려고 나 스스로가 애쓰고 있는 것인지 통곡도 절규도 없었다. 혜미가 내 손을 말없이 꽉 잡아 주었다.

나는 비바람에 뒤틀리듯 출렁이는 먼바다를 바라봤다. 내가 사랑했던 바다가, 보석보다 아름답게 반짝이며 심장을 설레게 했던 바다가 내게서 사랑하는 사람들을 빼앗아 갔다. 눈부시도록 푸르렀던 내 꿈과 미래가 나를 살렸지만, 그들을 살리지는 못했다. 그들도 내 꿈과 미래였는데도.

잠수 장비를 챙겨 들고 어두컴컴한 빌딩 입구로 들어서자 뒤에서 아저씨가 내 어깨에 손을 얹으며 말했다.

"세호야, 애쓰지 마라."

나는 그대로 바닥에 주저앉아 버렸다. 그제야 몸에 갇혀 있던 소리들이 한꺼번에 터져 나오기 시작했다. 오열과 절규가 빌딩의 목구멍 같은 검은 통로를 타고 멀리까지 울려 퍼졌다. 어떤 소리도 나를 이길 수는 없었다. 밖에서 치는 천둥 번개도, 도시로 내리꽂히는 빗소리도, 바다의 심장이 뛰는 소리도.

아저씨 말대로 애쓸 필요가 없는 게 있었다. 애써지지 않는 게 있었다. 나는 숨겨 왔던 고통과 두려운 마음을 들키도록 내버려 두었다. 그것은 패배가 아니라 온당한 예의였다. 슬픔의 순리였다.

나는 눈물과 소리가 몸에 남지 않을 때까지, 싹싹 긁어내 바닥이 보일 때까지 어둠 속에 혼자 엎드려 있었다. 내게 가장 필요한 건 어둠이었던 모양이다. 그리고 어둠 속에서 들려오는 노래였던 모양이다. 란희 누나가 부르는 아름다운 노래에 눈물이 천천히 잦아들었다.

오늘도 물은 무자비하게 계단 한 칸을 삼켜 버렸고, 엄마 아빠는 더 깊숙이 묻혔다.

어둠이 더 필요했을까. 촛불을 끄고 누웠는데도 오랫동안 잠이 오지 않았다. 빛이 전혀 들어오지 않는 어두컴컴한 심해나 우주 공간에 홀로 떠 있는 것 같았다. 유난히 크게 나는 빗소리에 다들 잠이 안 오는지 여기저기서 뒤척이는 소리가 들려왔다. 아저씨와 혜미는 물론이고 세아까지.

세아한테는 아무 말도 하지 않았다. 언제까지 비밀로 할 수 있을지 모르겠지만, 당분간은 그러고 싶었다. 그때 어둠 속에서 세아가 말했다.

"다들 잠이 안 와요?"

"야옹."

엉뚱하게도 먼저 대답한 건 루나였다. 나는 루나가 우리 대신 말해 준 거라고 생각했다.

"세아야, 그림 읽어 줄래?"

혜미가 가라앉은 목소리로 말했다.

"응, 좋아."

아저씨가 소파에서 일어나 양초에 불을 붙이며 말했다.

"오늘은 세호를 위한 그림으로 읽어 주겠니?"

"오빠요?"

"응."

"오빠 하면 늘 떠오르는 그림들이 있어요."

"늘 떠오른다니, 무척 궁금한걸."

"에드워드 호퍼 그림이에요."

세아가 머리맡에 둔 책을 집어 들었다. 우리는 천장에 드리워진 그림자를 보며 세아가 읽어 주는 이야기를 들었다.

"미국 화가 호퍼는 도시에서 일상적으로 볼 수 있는 장소를 주로 그립니다. 호텔 방, 카페, 술집, 극장, 기차 안 같은 곳입니다."

"사람은 없니?"

아저씨가 물었다.

"사람들은 카페나 술집에 혼자 앉아 표정 없는 얼굴로 생각에 잠겨 있습니다. 둘 이상일 때도 서로 딴 데를 쳐다보고 있습니다."

"쓸쓸해 보이는구나."

"호퍼가 그리는 장소들은 텅 빈 느낌입니다. 그래서 고독하고 삭막합니다. 도시인데 사람도 없고 시끄러움도 없는 곳 같습니다. 스산하고 적막해서 보고 있으면 한없이 외로워지고 저절로 쓸쓸해집니다."

"세아는 오빠가 외로워 보였니?"

세아가 책 읽기를 멈추고 창밖을 내다봤다.

"오빠가 깊은 바닷속에 있을 때 꼭 그런 느낌일 것 같았어요."

호퍼의 그림 속 사람들 같다는, 바닷속의 나.

"바닷속은 깊고 넓으니까, 사람도 없고 말도 할 수 없으니까 호퍼 그림과 닮았다고 할 수 있겠다."

아저씨의 목소리에 바다의 외로움이 서려 들었다.

"안 봤는데 본 것처럼 이미 쓸쓸해지네."

혜미가 천장으로 고개를 돌리며 혼잣말을 했다.

"제가 제일 좋아하는 그림은 〈바다 옆 방〉이에요."

"제목에 벌써 바다가 들어 있구나."

세아가 잘린 페이지를 침울한 표정으로 만지작거리며 그림에 대해 설명해 놓은 부분을 대신 읽어 주었다.

"텅 빈 방에 문이 활짝 열려 있습니다."

나는 눈을 감고 머릿속으로 그림을 그려 봤다.

"열린 방문으로 햇살이 들어와 벽과 바닥을 환하게 비춥니다. 그리고 문턱 너머로 푸른 바다가 찰랑거립니다."

"방문을 열면 바로 바다가 있는 그림인 거니?"

"네. 그 문턱에 앉아 바닷물에 발을 담그고 멀리 다이빙 나간 오빠를 기다리는 상상을 해요. 그러면 오빠가 근처에 있는 것 같아요. 그런 방이 하나 있으면 바다에 나간 오빠도 문만 열면 바로 집으로 돌아올 수 있잖아요."

"멋진 방이다."

아저씨 말대로 정말 멋진 방이었다. 다이빙을 마치면 바로 방문을 열고 들어가 가족들을 만나고, 함께 밥을 먹으며 이야기를 나누고, 문턱에 나란히 앉아 바다를 볼 수 있는 방. 그런 방이 있으면 정말 좋겠다. 세아가 오랫동안 그 방에 대한 이야기를 간직하고 있었구나, 하는 생각이 들었다.

아저씨는 세아가 나를 외롭게만 생각하는 것 같았는지 버디의 존재에 대해 설명해 주었다. 바닷속에서 나는 혼자가 아니라고.

우리는 다시 잠자리에 들었다. 나는 촛불을 끄며 멋진 그림을 선물해 준 세아에게 말했다.

"고마워, 세아야."

어두웠지만 세아의 흡족해하는 표정이 보였다. 그리고 나는, 더는 어둠이 필요하지 않았다.

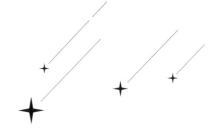

나비의 날갯짓

물이, 바다가 우리를 고통과 절망에 빠뜨렸지만, 우리가 살기 위해 필요한 것들도 그 속에 있었다. 우리는 필요한 것을 물속에서 구하고 건져 와야 했다. 누군가에게는 언제 닥칠지 모르는 해일보다 당장 먹을 게 없다는 공포가 더 클지도 모르니까.

아침부터 안개비가 도시 전체를 휘감았다. 비에 사로잡힌 건물들은 실루엣을 서늘하게 드러내며 멈춰 버린 도시를 관조하고 있었고, 바다는 무심하게 출렁이며 도시로 흘러들어 오고 있었다. 안개비에 가려진 해가 하얀 보름달처럼 보였다.

수영장과 비슷한 환경인 빌딩에서의 제한 수역 다이빙과 빌딩 밖에서의 개방 수역 다이빙 훈련을 틈틈이 해 온 혜미는 오늘부터 실전에 참여하기로 했다. 비가 가늘게 내리고 있었지만 다이빙에 어려움을 줄 정도는 아니었다. 우리는 아직 실력이 부족한 혜미에게 맞춰 다이빙 계획을 짰다.

혜미는 긴장도 되지만 한편으로는 설레는 표정이었다. 무엇보다 아저씨와 나를 도울 수 있어서 흐뭇해했다. 우리는 이제 셋이한 팀이 되었다. 나와 샘 아저씨에게 버디가 한 명 더 생긴 셈이었다. 혜미에게도. 나를 지켜 주고 신경 써 주고 보호해 주는 버디가 더 있다고 생각하자 안심되었고, 돌봐야 하는 버디가 더 늘었다고 생각하자 책임감도 커졌다.

그리고 모터보트 위에도 우리와 함께 비를 맞아 줄 버디들이 있었다. 그 속에 윤씨 아저씨와 민규 형도 있었다. 이제부터는 우리가 밑에서 그물에 물건을 담아 주면 보트 위 버디들이 그물을 끌어당길 것이다. 이렇게 상승 시간을 아끼면, 더 많은 물건을 찾아서 가져올 수 있다.

모든 준비와 숙지를 마치고 우리는 함께 입수했다. 줄에 연결된 그물은 아저씨가 들었고 혜미와 나는 채집망을 갖고 들어갔다. 나는 혜미 옆에 바짝 붙어서 하강했다. 혜미가 중간쯤 내려갔을 때 오케이 수신호를 보냈다. 혜미는 지느러미를 가진 사람처럼 부드럽고 가볍게 유영하며 우리와 한 팀을 이루었다.

혜미의 첫 실전 다이빙 포인트가 열대어와 산호초를 볼 수 있는 에메랄드빛 바다라면 좋을 텐데, 하는 아쉬움이 들었다. 대신 우리는 관광이나 재미가 아닌 사람들을 살리는 다이빙을 한다는 데 의미를 두고 하강했다.

아무리 그래도 첫 다이빙이 대형 마트가 될 거라고 누가 상상이나 했을까. 바다라는 자연은 항상 내 상상을 앞서는 세계였지만, 그 세계 속에 밥을 먹고 잠을 자던 우리 집이 있고, 우리 동네가 있고, 자주 가던 편의점이 있고, 백화점이 있을 거라고 상상해본 적은 없었다.

우리는 일정한 간격을 유지하며 마트 1층으로 진입했다. 혜미는 랜턴 불빛에 드러난 낯선 광경을 보고 좀 놀란 표정이었지만 이내 침착하게 임무를 수행했다. 우리는 물건이 망가지거나 상하지 않았으면 무조건 채집망에 담은 뒤 입구로 옮겨서 그물에 쏟았다. 물론 벽시계나 욕실용 발 닦개처럼 당장 필요해 보이지 않는 것들은 지나쳤다. 그렇게 따지기 시작하자 마트는 온갖 생활용품이 집결된 곳이란 생각이 들었고, 인간에게 필요한 물건이 이렇게 많았나 새삼스러워졌다. 과연 이 중에서 내게 필요한 것은 몇 가지나 될까.

나한테는 손톱깎이가 필요하지만 머리빗은 필요 없다. 혜미한테는 머리빗이 필요하지만 드라이버 세트는 필요하지 않다. 아저씨한테는 드라이버 세트가 필요하지만 캐릭터 스티커는 필요하지 않다. 세아한테는 캐릭터 스티커가 필요하지만 고양이 사료는 필요하지 않다. 그러나 루나한테는 고양이 사료가 필요하다. 세상에는 각자에게 필요하지 않은 물건은 있어도, 누구에게도 필요하지 않은 물건은 없었다. 마트의 물건은 다 필요해서 생겨난 것들이었다. 그래서 따지지 않고 벽시계도 담고 욕실용 발 닦개도 담았다. 그리고 샴푸도.

샴푸를 채집망에 담으며 고개를 돌렸는데 혜미가 보이지 않았다. 샘 아저씨 옆에도 없어서 랜턴 불빛을 비추며 주변을 살폈다. 나는 아저씨에게 수신호를 보낸 뒤 혜미를 찾기 시작했다.

마트 저 끝에서 빛이 깜빡이는 게 보였다. 나는 혜미한테 얼른 헤엄쳐 갔다. 혜미가 겁에 질린 듯 손으로 마스크를 두드렸다. 마스크에 이상이 있다는 신호였다. 아저씨가 일을 마무리하고 곧 따라갈 테니 먼저 혜미를 데리고 올라가라고 했다.

나와 혜미는 상승 도중 안전 정지한 후 보트 버디에게 출수 메시지를 보내려고 다이빙 소시지를 쏘아 올렸다.

다행히 우리는 물속에서 안전하게 나왔다. 혜미가 몸을 부들부들 떨며 말했다.

"놀라서 나도 모르게…… 핀으로 바닥을 건드려서…… 앞이 어두워졌어…… 게다가 마스크 물 빼는 것까지 잘…… 안 돼서……."

혜미가 젖은 얼굴을 쓸어내리며 말을 이었다.

"사람을…… 사람을 봤어…… 무더기로 모여 있는."

혜미도 사람을 보고 놀란 것이었다. 그때의 나처럼. 윤씨 아저씨가 진정하라며 혜미에게 생수를 건넸고, 민규 형은 걱정스러운 눈으로 쳐다봤다. 나는 미안해하는 혜미의 젖은 얼굴을 손으로 감싼 뒤, 눈을 똑바로 바라보며 말했다.

"네 탓이 아니야."

혜미가 내 두 눈을 번갈아 쳐다봤다.

"내가 더 잘 살피지 못해서야. 미안해."

사람을 보게 될 수도 있다는 얘기를 미리 해 주지 않은 내 잘못이었다. 빗속인데도 혜미는 울지 않으려고 입술을 꽉 깨물었다.

"그때 약속했었지? 항상 네 곁에 있겠다고. 나는 늘 네 가까이 있으면서 널 볼 거야. 그러니까 너도 언제나 내가 볼 수 있는 곳에 있어. 알았지?"

혜미가 고개를 끄덕였다.

"응, 나도 널 볼게. 항상."

혜미의 떨림이 조금씩 잦아들었다.

아저씨가 바닥에서 줄을 잡아당겨 신호를 보내자 보트 위 버디들은 힘을 모아 그물을 끌어올렸다. 아저씨도 뒤따라 수면 위로 올라왔다. 우리는 혜미가 공포심을 갖지 않도록 수면 휴식을 충분히 가진 뒤 다시 한 팀이 되어 입수했다. 빗줄기가 굵어지고 물살도 아까보다 거칠어졌지만, 한 번의 실수가 있었기에 다음 잠수는 더욱 완벽하게 이루어졌다.

첫 실전 다이빙을 끝까지 마무리하자 혜미는 자신감을 얻은 표정이었다. 우리가 가져온 물건을 감사히 나누는 사람들의 모습은 혜미의 공포를 잊게 해 주었다.

나는 빌딩으로 돌아가는 이슥한 길에, 굵은 빗방울 사이로 혜미에게 챙겨 둔 샴푸를 내밀었다. 당연했던 것들이 당연하지 않게 되었을 때 삶을 바라보는 눈은 깊어진다고, 혜미가 샴푸를 품으며 말했다.

깊이를 따진다면 저 물만 할까. 빌딩에 도착했을 때, 더 깊어질 생각인지 물이 계단 한 칸을 삼켜 버렸다.

＊

내가 지켜 주고 나를 지켜 줄 버디. 내가 믿고 의지하고, 나를 믿고 의지할 버디. 나만 잘나서 앞으로 나아가도 안 되고, 그렇다고 버디에게 너무 의존해서도 안 된다. 혜미는 제대로 된 실력을 갖추는 것만이 버디를 지키고 자신도 지키는 길임을, 실력이 맞지 않아 버디에게 기대면 자신은 물론이고 버디까지 위험에 빠뜨릴 수 있다는 걸 몸소 겪었다. 그래서 그 간극을 좁히기 위해 밤낮으로 훈련했다. 어두운 환경도 센 물살도 피하지 않았다.

혜미는 로그 기록과 함께 다이빙 실력이 점점 늘었고, 다이빙의 재미와 매력에 빠져들수록 샘 아저씨를 존경했다. 나도 그랬고, 누구라도 그럴 것이다.

아저씨는 모든 최연소 다이빙 기록을 가지고 있었고 최초 기록도 많이 세웠다. 최초로 다이빙 포인트 발견, 최초로 동굴과 난파선 탐사 성공, 최초로 심해 다이빙 도전 등등. 최다 기록도 많아서 난파선과 동굴 다이빙 로그 기록은 각각 600회 이상이었다. 무엇보다 아저씨는 누구도 부정할 수 없고, 쫓아갈 수도 없는 테크니컬 다이빙 1인자였다.

다이빙 경력이 화려한 만큼 아저씨는 이야기도 많이 가지고 있었다. 아저씨한테 듣는 사고 순간에서의 탈출 이야기는 어떤 블록버스터보다 짜릿했다. 아저씨가 손으로 직접 그린 동굴 지도와 난파선 그림은 어떤 화가의 그림보다 아름다웠고, 사진은 어떤 포토그래퍼의 사진보다 생생했으며, 영상은 어떤 감독의 작품보다 박진감 넘쳤다.

할아버지는 이런 최고의 다이버를 내게 소개해 준 걸 당신 인생에서 가장 멋진 일이라고 생각했다. 그것은 내 인생에서 가장 멋진 일이기도 했다.

할아버지는 훈련을 마치고 돌아온 내게 바닷속이 어땠는지 늘 물었다. 나는 할아버지가 생생하게 느낄 수 있게 온갖 단어를 가져다 바닷속 비경과 무중력에 대해 설명해 주었다. 그러면 할아버지는 눈을 감고 헤엄쳐서 내가 설명한 그곳으로 떠났다. 다리가 불편해도 상상 속에서는 얼마든지 다이빙을 할 수 있어서 아쉽지 않다고 할아버지는 말했다. 가끔 할아버지의 불편한 다리가 헤엄치듯 꿈틀거리기도 했다.

할아버지는 내 설명이 끝나면 그곳에 다녀왔다는 걸 표시하려고 일부러 하푸, 하고 숨을 내쉬었다. 그러나 내 표현이 아무리 정확하고 풍부해도 느낌이 완전하게 전해지지 않았을 거란 걸 나도 알고 할아버지도 알았다. 결국 끝에 가서는 공허함만 남았다.

"근데 할아버지는 다이빙을 하면 머릿속에 아무것도 없게 되고 마음이 편해진다는 걸 어떻게 알았어요?"

공허함을 달래려고 물었다.

"그건, 스무 살 때 만난 친구가 알려 줬어. 제일 친한 놈이었어. 다이버였지."

할아버지는 불편한 다리를 손으로 내려치며 말했다.

"이런저런 생각도 많고 걱정도 많을 때였는데, 다이빙을 하면 거짓말처럼 싹 없어질 거라면서 배워 보라고 하지 않겠냐."

할아버지는 친구의 말을 믿지 않았다고 했다. 세상에 그런 게 어딨냐면서, 수강생으로 끌어들이려 거짓말을 한다고 생각했다고. 그런 좋은 약이 있으면 세상에 불행한 사람들이 없어야 하지 않느냐고. 그 말에 친구는 약은 약인데 효과를 볼 때까지는 훈련을 해야 하고, 도전 정신도 필요하니까 망설여서 그런 거라고 했다고 한다. 망설임이 불행을 연장시킨다고.

"그래서 할아버지는 어떻게 했어요?"

할아버지 옆으로 바짝 붙어 앉으며 다급하게 물었다.

"밑져야 본전이라고, 망설이지 않고 녀석한테 배우기로 했지."

할아버지가 허공을 오래 쳐다봤다.

"근데 사고가 나 버렸어. 녀석이, 다이빙 중에."

나는 깜짝 놀랐다.

"죽었어요?"

할아버지가 고개를 끄덕였다.

"근데 왠지 나는 그게 사고가 아닌 것만 같았어."

"왜요?"

"녀석이 일부러 그 세계에서 나오지 않은 거란 생각이 들었어. 이곳에서의 괴로운 일을 영원히 잊고 싶었던 게 아닐까……. 사랑하는 여자가 있었거든."

할아버지가 또 한 번 손으로 자신의 다리를 내려쳤다.

"그 후에 나도 다리를 다쳐서 다이빙은 꿈으로만 남겨 둔 채 결국 배울 수 없게 됐지."

할아버지가 나를 쳐다봤다.

"늘 궁금했다. 녀석이 그때 한 말이 진짜일까."

할아버지의 눈은 친구가 했던 말의 진실을 오랫동안 갈구해 온 것 같았다.

"널 보니까 진짜더구나. 녀석은 행복했을 거야. 지금 너처럼."

그러면서 할아버지는 말했다.

"세호 넌 절대 그러지 마라. 아무리 그쪽 세계가 찬란하고 편하고 행복해도, 이쪽 세계가 더 찬란하고 우리를 더 행복하게 한다는 걸 명심해. 알았지?"

할아버지는 다리 때문에 다이빙도 못하고 자전거도 탈 수 없었지만 스쿠터는 잘 탔다. 스쿠터를 탈 때 할아버지는 가장 찬란하고 행복해 보였다. 할아버지의 삶의 낭만은 작은 전동 스쿠터에서 나왔다. 스쿠터 타는 할아버지를 다시 만날 수 있게 해 달라고 빌면서 나는 찬란한 물 밖으로 고개를 내밀었다.

그리운 마음으로 창밖을 내다보고 있었다. 하지만 그것도 잠시, 내 눈은 혹시 모를 해일의 조짐을 찾는 데 집중했다. 란희 누나가 부르는 노래가 위층까지 올라왔다. 해일이 오다가도 잠잠해질 만큼, 누나의 노랫소리는 평화롭고 아름다웠다.

바닷물이 계속 불어나고 또 밀려들어 와서 시간이 갈수록 물은 깨끗해졌다. 더 깨끗하고 투명해져서 잠긴 도시가 훤히 보일 정도가 되면, 굳이 잠수하지 않고도 볼 수 있게 된다면, 도시를 돌려받았다는 느낌이 들까. 도시가 수면에 비치면 조금은 덜 무섭고 덜 기괴할까. 그리운 이를 찾을 수 있을 것도 같아질까. 보고 싶은 이들이 돌아올 것도 같아질까. 그렇게라도 우리가 살았던 곳을 들여다볼 수 있다면, 우리의 슬픈 눈은 묵묵해질까.

"다들 어디로 가 버렸을까. 떠다니던 죽음은 어디로 가길래 보이지 않는 걸까."

혜미가 물을 뚝뚝 흘리며 말했다.

"어디로 가 버려서 저렇게 한적할까. 다들 물속에 있을까. 물속에 없는 사람들은 또 어디에 있을까. 우리처럼 물이 닿지 않는 곳에 안전하게 모여 있을까⋯⋯."

학자들은 온난화로 인한 기후 위기가 몰고 올 여러 현상에 대해 끊임없이 예언했다. 해안 침식, 지반 붕괴, 빙하 소멸, 동물 멸종, 폭풍우 등등. 해변은 절반이 사라질 것이고, 해수면이 상승해 폭풍과 해일에 취약해지면 대륙의 3분의 2가 잠길 것이며, 물 위에 사는 새로운 인류가 탄생할 거라고 했다. 모두 몇십 년 후 벌어질 일들이지만, 확실한 건 예상보다 그 시기가 빨라져서 벌써 세계 곳곳에서 징후가 나타나고 있다고 했다. 그런데 그 시기가 갑자기 와 버렸다. 예상치도 못한 날짜에, 한꺼번에 닥쳐 버렸다.

샘 아저씨가 우리 옆으로 다가왔다. 나는 아저씨의 침착한 눈을 쳐다봤다. 아저씨의 저 눈이 나는 참 좋다. 심해에서 얻은 단단한 눈을 보고 있노라면 어떤 불행도 지나갈 것 같고, 어떤 고통도 가라앉을 것 같으며, 어떤 말도 믿을 수 있을 것 같다. 그래서 나는 아저씨의 눈이 침착하면 안도했다. 죽음의 고비를 수천 번 넘긴 사람의 눈은 세계를 읽을 수 있고, 미래를 말할 수 있다.

"언제 끝날까요?"

아저씨의 침착한 눈을 살피며 물었다.

"끝이 있기는 할까요?"

"비가 멈추지 않는 날이 있었니?"

아저씨가 창밖으로 뻗은 손바닥에 빗방울을 받으며 되물었다.

"아무리 비가 많이 내리고, 요란하게 내리고, 오래 내려도 기다리면 멈추는 날은 온단다. 무슨 일이든 끝이 있지. 어떤 식으로든 끝날 거야. 기다리면, 끝이 올 거야."

'끝난다'는 건 마음에 들었지만 '어떤 식으로든'은 마음에 들지 않았다. 아저씨도 끝난다는 건 알지만 어떤 식으로 끝날지는 알 수 없다는 뜻이리라. 물이 끝까지 차오를지, 바닥을 돌려 줄지. 끝까지 차오르는 모습을 상상하자 끔찍했지만, 물이 빠져나간 도시를 그려 보니 그 또한 끔찍하기는 마찬가지였다. 상처가 속속들이 다 드러나면 얼마나 처참한 모습일까. 차라리 그냥 물에 가려 보이지 않는 게 나을까. 모르는 게 속 편할까. 다시 시작할 수나 있을까. 회복되려면 얼마나 많은 시간이 필요할까.

"인간이 위대한 게 뭔지 아니?"

아저씨가 물었다.

"인간에게는 지혜와 상상력이 있어. 지금까지 쌓아 온 탄탄한 기술도 있고. 그게 동물과 다른 점이야. 위기에 처하면 방법을 찾아서 끝내 해결하고 말지. 참고 기다리다 결국은 이겨 내고 말지. 멸종과 생존의 차이는 거기서 오는 거야."

아저씨가 침착한 눈으로 읽은 세계였고, 차분한 목소리로 말한 미래였다. 믿음이 가는 아저씨의 눈빛과 목소리에 잠시 해일을 잊고 있던 나는 비가 들어오지 않게 창문을 닫았다. 그러자 란희 누나의 노래도 들어오지 않았다.

＊

　민규 형과 고무보트를 타고 물속에서 가져온 생필품을 다른 빌딩으로 배달하러 갔다. 종종 사람들이 우리 빌딩으로 직접 가지러 오기도 하지만, 이동 수단이 없는 사람들을 위해서는 배달해 주기도 해야 한다. 오늘 배달지는 세 군데. 첫 번째 배달지는 우리 빌딩에서 육백 미터 떨어진 곳이었다.

　빌딩에 고립된 사람들은 밖으로 나오기가 쉽지 않았다. 그들에게 도시를 둘러싸고 있는 물은 허방이고, 구멍이고, 절벽이었다. 땅을 딛고 살던 인간에게 지탱할 바닥이 사라졌다는 건 불안한 일이었다. 사람들이 빌딩 밖으로 나오기를 거부해서 도시는 아무도 살지 않는 곳처럼 고요했다. 우리 빌딩 말고는 진짜 아무도 안 사는 거 아닐까. 모두 휩쓸려 가 버린 거 아닐까.

　나는 보트를 슥슥, 끅끅 스쳐 지나가는 잔해를 살폈다. 주검은 보이지 않았고 악취도 예전만큼 나지 않았다. 바다는 넓고 끊임없이 움직이는 곳이라 주검과 몰려드는 악취도 금방 흩어 놓았다. 자신이 어지른 것을 자신의 방식으로 치우는 것 같았지만, 누군가에게는 돌려줘야 할 것들도 있었다. 그 누군가가 애달프게 찾고 있다면.

　목적지에 도착했다는 걸 창밖으로 몸을 내밀고 손을 흔드는 사람들을 보고 알았다. 나는 괜히 안도했다. 우리 말고 아무도 없는 게 아니라서. 이렇게 매번 확인하고도 도시의 정적을 만나면 사람들의 존재를 또 의심하게 된다. 민규 형이 10층짜리 빌딩 6층 창문으로 보트를 바짝 갖다 댔다. 그러고는 물건이 담긴 봉지를 창밖으로 내민 시커먼 손에 하나씩 쥐여 주었다.

그때, 아까 가장 열렬하게 손을 흔들었던 남자애와 눈이 마주쳤다. 나는 마주친 눈을 한동안 거둘 수 없었다. 남현조였다. 초등학교 때 나를 무시하고 놀렸던 그 새끼였다. 나한테 욕을 하고 발로 찼던 그놈이었다. 엄마 아빠와 할아버지를 모욕해서 내 꼭지를 돌게 만들었던 그 자식이었다.

현조가 잠수복을 입은 나를 보며 말했다.

"너였구나. 다이빙을 잘한다고 소문난 어린 버디가."

나는 건네려고 들고 있던 봉지를 보트 바닥에 힘없이 내려놓았다. 민규 형이 대신 봉지를 집어서 현조에게 건넸다.

"멋지다. 나는 수영도 못하는데."

현조를 다시 올려다봤다. 먹는 게 부실한지 얼굴은 비쩍 말랐고 옷도 더러웠다.

"나는 형이랑 구사일생으로 살아서 여기서 지내."

현조도 나와 같은 고생을 하고, 같은 두려움과 고통을 겪었으리라는 생각이 들었다. 불안에 찬 현조의 눈을 보자 신기하게 과거의 감정들이 희미해졌다.

"다행이다."

진심이었다. 내 진심을 읽은 현조의 눈에 물기가 어렸다.

그새 민규 형은 물건을 다 배달했다. 남은 배달지가 두 군데나 돼서 그만 돌아가야 했다. 민규 형이 보트에 앉아 노를 잡자 현조가 다급하게 말했다.

"세호야, 미안해."

현조는 고개를 푹 숙인 채 더러운 티셔츠 밑자락을 움켜쥐었다.

"그때는 내가 철이 없었고, 또……."

"나도 너 팼잖아, 그때."

현조가 고개를 들어 나와 눈을 맞추었다.

"그랬었지. 사실 그때 진짜 아팠는데. 죽을 만큼."

현조가 싱거운 웃음을 지으며 손등으로 자기 턱을 쓸어내렸다. 내가 때렸던 데였다. 그러고는 뒤이어 말했다.

"이제라도 사과할 수 있어서 다행이다."

"그때 그 일이, 나한테 나쁜 것만은 아니었어."

정말 다행히도 그랬다. 거슬러 올라가면 모든 게 저 애, 현조로부터 시작되었다. 그 일 때문에 샘 아저씨를 만났고, 다이빙을 통해 행복과 삶의 소중함을 배웠고, 해일도 피했으니까. 지금은 누군가를 돕고도 있으니까.

살면서 겪게 되는 아주 작은 사건도 그것에 영향을 받으면 인생이 예상치 못했던 방향으로 흘러가기도 한다. 그것이 결국은 자신의 목숨을 살리기도, 다른 사람의 목숨을 구하기도 한다. 어쩌면 나를 죽을 만큼 팼던 그 사건이 현조의 인생에도 조금이나마 영향을 미치지 않았을까. 반성을 통해 오늘에까지 이르렀고, 나아가 먼 미래에까지 닿을 수도 있지 않겠는가. 나비의 날갯짓처럼.

"건강하고, 무사해라."

나는 흔들리는 보트에서 현조를 올려다보며 말했다.

"너도."

이어서 현조가 어렵사리 말을 꺼냈다.

"우리…… 다시 만날 수 있을까?"

나는 현조의 시선을 따라 잠긴 도시를 바라보며 대답했다.

"살아 있다면, 언제라도."

그리고 보트에 앉으며 덧붙였다.

"해일이 또 올지도 모르니까 조심해. 최대한 많은 사람들한테 알리고."

민규 형이 노를 저어 보트를 움직였다. 보트가 빌딩에서 한참 멀어졌는데도 현조는 물이 안으로 넘어갈 듯 찰랑거리는 창문 앞에 우두커니 서 있었다. 창문이 손톱만큼 작게 보일 때쯤 현조에게 손을 흔들어 주었다. 그제야 현조가 돌아섰다. 민규 형이 누구냐고 물어서 다음 배달지로 가는 길에 오래전 우리의 얘기를 들려주었다. 그것은 다이빙의 시작에 관한 얘기였다.

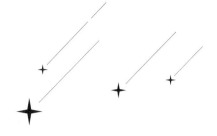

나쁜 물

혜미의 머리카락을 쓸어내리는 바람에서 샴푸 향이 났다. 비누와 샴푸가 비싼 향수보다 향이 좋다는 걸 처음 알았다. 혜미의 향으로 기억될 냄새. 어디선가 이런 냄새가 난다면 나는 고개를 돌려 혜미를 찾을 것이다.

우리는 늦은 아침을 먹고 혜미네 집에 가려고 출발했다. 세아를 자주 혼자 두는 게 마음에 걸린다며, 아저씨는 오늘 세아의 말동무가 되어 주기로 했다. 사실 세아가 읽어 줄 그림 이야기를 기대하는 눈치였다.

그동안 혜미는 오늘을 위해 훈련을 더 열심히 해 왔다. 집에 가서 찾고 싶은 물건이 있다고 했다. 직접 가서 찾아야만 의미가 생긴다고 믿는 것 같았다. 궁금했지만 나는 그게 무엇이냐고 묻지 않았다.

모터보트 덕에 우리는 이전보다 훨씬 빨리 포인트를 향해 달리고 있었다. 물 위에 떠 있는 사연들이 그만큼 빠르게 우리를 지나가서 덜 끔찍했다. 보트 운전은 윤씨 아저씨가 맡아 주었다.

정오가 넘은 시간이었다. 혜미네 집 위에 도착하자 우리는 서로 안전을 확인하고 강조한 뒤 입수했다. 혜미는 이제 더는 물을 두려워하지 않는 모습으로 유영했다. 맞서 보겠다는 자세로 보이기도 했다. 우리는 짝을 이루며 부드럽고 자유롭게 하강했다. 오랜만의 맑은 날씨와 정오의 햇살이 물속을 환하게 비춰 주었다. 우리가 가야 할 방향이 랜턴 불빛 없이도 잘 보였고, 맑아진 물에 혜미의 집도 예전보다 선명하게 눈에 들어왔다.

바닥에 다다른 혜미는 잠시 멈춰 서서 집을 바라봤다. 어딘지 모르게 익숙해 보였다. 학교를 마치고 돌아왔을 때, 자주 저렇게 집 앞에서 들어가기를 망설였을까. 아니면 막상 잠긴 집을 보자 두려워졌을까. 바깥에 새가 날아다니는 집이 아니라 물고기가 지나다니는 이상한 집. 혜미의 팔을 잡았다. 정신을 차린 혜미가 들어가자고 수신호로 말했다.

우리는 깨진 베란다 창을 통해 안으로 들어갔다. 좁은 곳에서의 잠수 경험이 많지 않아 어려울 텐데도 혜미는 조심스럽고 차분하게 잘 헤쳐 나갔다. 난장판이 된 집으로 들어선 혜미를 보자 우리 집에 갔을 때 나도 저런 얼굴이었겠구나, 하는 생각이 들었다. 그것만으로도 우리는 버디였다. 아니, 살아남아 지금 고난과 절망을 겪는 사람 모두가 버디다.

혜미는 집을 천천히 둘러본 뒤 자신의 방으로 들어갔다. 지긋지긋하게 공부만 했던 방이지만 지금은 그리운 듯, 눈으로 방 안을 차근차근 쓰다듬었다. 그리고는 구석에 엎어져 있는 책상으로 다가가 들어 올리는 시늉을 했다. 우리는 무거운 책상을 나란히 잡고 천천히 일으켜 세웠다. 찾고 싶은 물건이 책상에 있는 모양이었다. 혜미는 제일 아래쪽 서랍을 열고 손을 집어넣어 신중하게 더듬거렸다. 혜미의 눈이 순간 커다래졌다. 조그마한 민트색 상자를 손에 쥔 혜미가 나를 향해 엄지손가락을 치켜세웠다.

다음은 침대로 갔다. 밤마다 따돌림 당하는 꿈을 꾸었다는 침대였다. 혜미는 준비해 온 나무토막을 침대 헤드에 철사로 단단히 묶어서 고정시켰다. 나무토막에는 글자가 쓰여 있었다. 혜미는 어젯밤, 나무토막을 칼로 파서 글자를 새긴 뒤 노란색 페인트로 그 안을 칠했다.

엄마, 아빠,

저는 무사해요.

우리 꼭 다시 만나요.

사랑해요.

혜미가.

혜미는 편지를 직접 전하고 싶어서 집을 찾아온 것이다. 처음이라고 했다. 부모님께 편지를 쓴 것도, 사랑한다고 말해 본 것도. 우체통에 중요한 편지를 집어넣고 잘 도착할지 걱정돼서 자꾸 뒤돌아보는 사람처럼 혜미는 방을 나오며 편지를 오래 돌아봤다. 노란 문장이 물살에 너울거렸다. 마치 잘 가겠다고 혜미에게 손을 흔들어 주는 것 같았다. 혜미는 그제야 안심한 듯 올라가자는 수신호를 보냈다. 나는 혜미가 자신의 방에 부치고 온 짧은 편지가 멀리 가야 하는 우편물이 아니길 바라며 물 밖으로 나왔다.

돌아가는 보트에서 보슬비를 맞으며 혜미가 말했다.

"엄마 아빠는 늘 따로 사는 사람들이었는데, 작년 내 생일 때는 따로가 아니었어."

모터 소리가 너무 크고, 바람도 세게 불었지만 나는 다른 소리들에게 혜미의 말을 한 자도 빼앗기지 않으려고 귀를 바짝 기울였다. 이번에는 내가 다 들어 주고 싶었다.

"생일날 엄마랑 아빠가 나를 따로 불러서 선물을 줬어."

아무래도 아까 그 민트색 상자와 관련이 있는 것 같았다.

"근데 선물이 똑같았어. 상자도, 안에 든 것도."

혜미가 플라스틱 상자를 열었다. 안에는 심플한 모양의 머리핀이 들어 있었다. 한 쌍이었다.

"한 쌍으로 보이지만 하나는 엄마가 준 거고, 또 하나는 아빠가 준 거야."

"정말?"

혜미가 입가에 미소를 띠며 고개를 끄덕였다.

"놀랍다."

"나도 놀랐어. 그 수많은 머리핀 중에서 어떻게 모양도 색깔도 똑같은 걸 골랐을까? 선물을 주면서 했던 말도 똑같았어. '혜미 넌 날 닮아 머릿결이 좋아서 어울릴 것 같아 샀어.'"

신기하기까지 했다.

"그때 알았어. 엄마 아빠는 따로 사는 사람들이지만 나를 생각하는 마음은 따로가 아니구나."

"똑같은 머리핀을 선물했다는 걸 두 분은 아셔?"

"아니, 몰라. 그냥 번갈아 가며 꽂고 다녔어. 보면서 엄마는 자기가 선물한 거라고 생각했을 거고, 아빠도 자기가 선물한 건 줄 알았을 거야."

"왜 말하지 않았어?"

혜미는 우중충해진 하늘을 보며 생각에 잠겼다.

"글쎄……, 모르겠어. 왜 그랬을까."

혜미는 말하지 않은 걸 후회했지만, 신기한 그 선물들에 대해 말할 기회가 생기길 바란다고 했다. 왠지 두 개의 머리핀을 잃어버리지 않고 잘 간직하면 그렇게 될 것 같다고도. 혜미에게는 일종의 부적인 셈이었다.

혜미가 상자 안에서 머리핀 두 개를 꺼내 나란히 꽂았다. 머릿결이 좋은 혜미에게 잘 어울렸다. 비바람에 휘날리는 혜미의 머리카락에서 샴푸 향이 두 배로 진하게 나는 것 같았다.

두 개의 머리핀에 시샘이 났는지, 빌딩에 도착했을 때 물이 계단 두 칸을 삼켜 버렸다.

어김없이 비 내리는 밤이 찾아왔고, 양초지기 세아는 초 이름을 일일이 말하며 불을 붙였다. 다섯 개의 양초는 똑같은 길이로 짧아졌다. 누구 하나 혼자 촛불을 밝히지 않았고, 누구 하나 홀로 촛불을 꺼놓지 않았다는 뜻이었다. 다섯 개의 별은 밤에 같이 깨어 있다 같이 촛불을 끄고 잠자리에 들었다. 누구 하나가 잠들지 못하면 나머지도 양초를 밝히고 밤을 지샜다. 밤하늘의 별자리가 같이 움직이며 밤을 보내고 새벽을 맞듯이. 별은 닿을 수 없는 곳이 아니라 우리 가까이 있었다.

불을 켠 세아는 책상 침대로 가서 누웠다. 아저씨는 낮에 세아와 지내며 그림 얘기를 실컷 들었는지 오늘 밤은 그림을 읽어 달라고 하지 않았다. 그래서 내가 말을 꺼냈다.

"세아야, 그림 읽어 줄래? 혜미 언니를 위해서."

오늘은 혜미 집에 다녀왔으니까.

"좋아."

세아는 흔쾌히 대답하곤, 그림 없는 책에서 그림을 고르느라 오랫동안 책장을 넘겼다. 넘기다 말고 혜미를 슬쩍 쳐다보기도 했다. 아저씨는 낮에 혼자 실컷 들어 놓고 또 듣고 싶어서 세아 쪽으로 자세를 고쳐 누웠다. 낮에 듣지 못한 새로운 이야기이길 바라는 눈치였다.

그림을 골랐는지 세아가 목을 가다듬었다. 혜미는 기대감으로 뺨이 발그레했다. 자기 그림이 생긴다는 것 때문이다. 그게 어떤 기분인지 나는 잘 안다. 세아가 책을 읽어 준 것뿐인데 나를 위해 그린 그림을 선물 받은 것 같았으니까. 그날 이후 본 적도 없는 호퍼의 〈바다 옆 방〉은 내 그림이 되었으니까.

"혜미 언니 처음 만난 날을 떠올리니까, 마그리트가 생각났어."

"혜미한테 어떤 인상을 받아서 마그리트가 생각났을까."

늘 그렇듯 그림 이야기에 추임새를 넣는 건 아저씨 몫이었다. 다행히 낮에 세아가 읽어 준 그림은 아닌 것 같았다.

"벨기에 출신 초현실주의 화가 마그리트는 반대 이미지가 같이 있는 그림을 자주 그렸습니다."

"예를 들면 무엇이 있을까."

"밤하늘을 나는 낮새, 낮과 밤 같은 거예요."

아저씨가 알겠다는 듯 고개를 끄덕였다.

"마그리트는 해마다 이사를 해야 할 정도로 가난한 집에서 태어났습니다. 열네 살 때 엄마가 강에 빠져 죽자 마그리트는 큰 충격을 받았지만, 그 때문에 주변의 관심을 받아서 충족감도 느꼈습니다. 그런 정반대의 감정들은 먼 훗날 작품에 영향을 끼치게 됩니다."

혜미는 아주 진지하게 들었다.

"혜미 언니는 마그리트의 〈빛의 제국〉 같아요. 제가 사랑하는 그림이에요."

"일단 제목에 빛이 들어가 있으니 어둠도 있는 그림이겠구나."

세아는 고개를 끄덕이며 그림에 대해 묘사해 놓은 부분을 천천히 읽었다.

"한 집이 있습니다. 지나가는 사람은 아무도 없고, 나무들은 어둠에 젖어 그림자처럼 보입니다. 밤이라 조용하고 창문 몇 군데에는 노란 불이 켜져 있습니다. 집 앞에는 가로등 하나가 아늑하게 서서 어둠을 조금 밝혀 줍니다. 물 고인 웅덩이에 가로등과 창문의 불빛이 잔잔하게 비칩니다."

혜미는 세아가 읽어 주는 대로 자신의 그림을 그려 보고 있으리라.

"집과 나무가 있는 아래쪽은 한밤인데 하늘은 맑고 환한 대낮입니다. 파란 하늘에는 솜사탕 같은 하얀 구름이 떠다닙니다."

"오, 낮과 밤이 한 그림에, 한 공간에 같이 있는 그림이구나."

"지금 바깥하고 비슷해요."

세아가 창밖을 가리켰다. 세아 말대로 밤이라 건물 창문에 불이 몇 군데 켜져 있었고, 하늘에는 별이 너무 많아서 도시보다 밝은 것처럼 보였다.

"그럴 것도 같다."

아저씨가 밖을 보며 말했다.

"마그리트는 하늘은 대낮인데 거리는 한밤인 주제를 애착해서 비슷한 그림을 스무 점 이상이나 그렸습니다."

책을 읽다 말고 세아가 혜미를 쳐다봤다.

"혜미 언니는 그림에 나오는 가로등 같아."

잠수했을 때 집 앞에 서 있던 혜미의 모습이 떠올랐다. 아마 그 가로등은 집 앞에 고요하게 서서 어둠을 밝혀 주는 따뜻하고 예쁜 가로등일 것이다. 한밤인데 한낮인 시간과 집 앞의 불 켜진 가로등. 아주 아름답고 신비로운 그림일 것이다. 봐도 봐도 질리지 않아서 자꾸 들여다보게 되는 그림일 것이다. 보고 있으면 쓸쓸하지만, 쓸쓸해도 좋다고 느껴지는 그림일 것이다.

"너무 보고 싶다, 내 그림."

혜미의 목소리가 유난히 쓸쓸하게 들렸다.

그날 밤, 〈빛의 제국〉은 혜미의 그림이 되었고, 우리는 각자의 미술관에 그림을 한 점씩 걸어 두게 되었다. 모두 자기 그림에 만족하는 것 같았다. 루나가 세아의 품으로 뛰어들며 야옹, 하고 울었다. 자기한테도 그림을 달라고 하는 것일까. 아마 세아는 루나를 위한 그림도 생각하고 있을 것이다.

✳

물속에 많은 사람이 있었다. 처음에는 죽어서 떠다니는 사람들이라고 생각했는데, 자세히 보니 살아 있는 사람들이었다. 그들은 자유롭게 헤엄치며 도시를 돌아다녔다. 무거운 공기탱크를 등에 짊어지지 않았고 호흡기를 물지도, 오리발을 신고 있지도 않았다.

그들은 프리 다이빙 중인 것처럼 바다 깊숙이 잠수했다 날렵하게 솟구쳐 올랐다. 무리지어 건물 사이를 바쁘게 지나다니고, 문을 열고 안으로 들어갔다 나오기도 했다. 어떤 사람은 등에 공기탱크 대신 배낭을 메고 있었는데, 회사에 출근하는 직장인이었다. 누군가는 편의점에서 커피를 사서 나왔고, 연인으로 보이는 남녀는 손을 잡고 데이트를 즐겼다. 아이들은 학교에 지각하지 않으려고 서둘렀다. 택배 기사들은 무거운 물건을 옮기느라 아침부터 지쳐 보였다. 그들은 소리 내어 말하기도 했다. 말을 하면 입에서 버블이 나왔다.

내 옆으로 어떤 사내가 다가왔다. 사내가 숨을 쉬자 양쪽 쇄골이 아가미처럼 벌어지면서 들썩였다. 어깨와 등, 팔뚝과 다리에는 부드러운 지느러미가 돋아 있었고 손가락과 발가락 사이에는 물갈퀴가 나 있었다. 내가 사내에게 물었다.

"당신은 뭔가요?"

사내가 나를 위아래로 훑어봤다.

"뭐라니요? 사람이지 뭐요."

사내가 말을 하자 그의 입에서도 버블이 나왔다.

"사람이 어떻게 장비도 없이 물속에서 숨을 쉴 수 있나요?"

"그럼 당신은 뭔가요? 당신이나 나나 똑같은 사람이지요."

사내는 이상한 사람을 다 보겠다는 듯 고개를 갸웃거리며 자문자답했다.

"나는 사람이지만 당신은……."

그러면서 나는 내 몸을 내려다봤다. 양쪽 쇄골이 갈라져 있었고, 팔뚝에는 시스루 소매 같은 지느러미가 하늘거리고 있었다. 손가락과 발가락 사이에는 물갈퀴가 나 있었다. 내 몸에는 어떤 잠수 장비도 없었다. 믿을 수 없었지만 사실이었다. 몸은 가벼웠고, 말을 할 때마다 내 입에서도 버블이 나왔다.

사람들은 이제 날개를 가진 새처럼 물속을 마음대로 날아다녔다. 우산과 수영장은 쓸모없게 되었다. 감압이니 안전 정지니 하는 복잡한 계산을 할 필요도, 안전 규칙을 지킬 필요도 없었다. 어디든 시간 제약 없이 갈 수 있었다. 지금 당장 마리아나 해구로 떠날 수도 있었다. 바닷속은 더 이상 지구 안의 또 다른 우주가, 우리가 알 수 없는 세계가 아니었다.

오랜 수중 생활을 겪으면서 인간은 필요한 기능들을 얻어 어류로 진화했다. 엄마, 아빠, 할아버지, 세아 그리고 혜미네 가족과 샘 아저씨, 빌딩 사람들. 이제 모두 물속에서 함께 살 수 있었다.

누구나 땅을 걷듯 물속을 자유롭게 거닐 수 있었다.

"무슨 소리요?"

사내가 반문했다.

"인간이 어류화된 게 아니라 어류가 인간화된 것이오."

"네?"

"물에서 살 수 없는 무능한 인간은 멸종된 지 오래됐소. 그 후 우리 어인들이 인간의 자리를 차지한 것이오."

사내가 악마의 얼굴을 하고 웃었다. 그 웃음소리가 파동을 일으켜 지진이 난 것처럼 물이 떨렸다. 떨리는 물이 사방에서 내 몸을 옥죄었다.

"지구에는 공룡의 시대가 있었고, 인간의 시대가 있었소. 이제 어인의 시대가 온 것이오. 지구의 지배자는 우리 어인들이오. 지금은 물에 강한 자가 지구 최강자인 거요."

사내의 웃음소리가 너무 커서 귀청을 찢어 놓을 듯했다. 나는 양손으로 귀를 틀어막고 얼른 물 밖으로 나왔다. 그러나 어디를 봐도 공기와 물뿐이었다. 섬도 나무도, 아무것도 없었다. 풀 한 포기 보이지 않았다. 도시는 물속에 세워진 제국이었고, 지구는 완전히 바다가 차지했다. 바다 행성이 된 것이다.

그런 꿈을 어젯밤에 꾸었다고 하자 혜미가 붉은 구름을 쳐다보며 지금 여기와 다를 것도 없다고 말했다. 여기는 물 밖이지만 물속이나 다름없다고. 항상 축축하게 젖어 있는 상태도 그렇고, 헤엄쳐야만 살 수 있고, 필요한 것을 구하려면 잠수해야 하고, 버디가 필요한 것도 그렇다고. 물속에서도 물 밖에서도 우리는 혼자 힘으로는 살 수 없고, 버디가 필요하다고. 눈빛만으로 서로를 잘 알고 믿을 수 있는 사람이. 마음을 읽을 수 있고 떨어져서는 안 되는 사이가. 서로 의지하고 지켜 주며 한목숨처럼 살아갈 사람들이.

"인생은 버디를 찾는 여정이란 생각이 들어. 태어난다는 건 버디를 만나기 위한 거야. 가족이라는 버디, 친구라는 버디, 애인이라는 버디, 부부라는 버디, 동료라는 버디, 반려동물이라는 버디."

혜미가 나를 바라보며 말했다.

"근데 버디를 찾는 것보다 먼저 다가가 버디가 되어 주는 게 진정한 버디가 아닐까."

혜미는 다시 창밖으로 고개를 돌려 수평선에 맞닿은 붉은 구름을 쳐다봤다. 혜미의 눈빛은 분명 달라져 있었다. 그리고 붉은 구름은 단순한 비가 아닌 다른 무언가를 품고 있었다.

∗

혜미가 감기 기운이 있어서 오늘은 샘 아저씨와 둘이 다이빙을 나왔다. 혜미 자리는 팔이 다 나은 윤씨 아저씨가 대신 채웠다. 혜미는 세아가 읽어 주는 그림이 기대된다며 즐거운 표정으로 우리를 배웅했다. 윤씨 아저씨의 다이빙 실력은 꽤 훌륭했다. 우리는 다이빙을 한 차례 끝내고 보트에서 수면 휴식을 취했다.

샘 아저씨가 생수를 들이켜며 하늘을 유심히 올려다봤다. 비는 내리지 않지만 요 며칠 계속 하늘이 심상치 않았다. 저런 빛깔의 구름은 처음이었다. 석양이 질 시간도 아닌데 하루 종일 먹구름 아래로 붉은 구름이 드리워져 있었다. 물감으로 덧칠해 놓은 듯 선명해서 금방이라도 붉은 물이 뚝뚝 떨어질 것 같았다. 구름과 맞닿은 수평선 부근은 이미 빨갛게 물든 것처럼 보였다.

일전의 악마 구름은 무서울 정도로 빠르게 소용돌이쳤는데, 저 붉은 구름은 제자리에 머물러 있었다. 움직이지 않고 그 자리에서 소멸했다 다시 생겨나기만을 반복했다. 하늘을 살피는 아저씨의 눈빛이 예전만큼 침착하지 않았다. 구름보다 아저씨의 눈동자가 나를 불안하게 만들었다.

"무슨 징조일까요?"

윤씨 아저씨가 걱정스러운 목소리로 물었다. 다이빙은 날씨의 영향을 많이 받는 일이라 샘 아저씨는 구름 모양과 바람의 감촉만으로도 기상을 예측하는 사람이었다.

"조심하면 될 겁니다."

아저씨 말대로 조심하면 될 것이다. 다이브 컴퓨터가 휴식 시간이 끝났음을 알려 오자 우리는 특별히 더 안전에 유의하며 입수했다. 어제보다 선명해진 물 때문인지 그저께 꾼 꿈을 다시 꾸는 기분이었다. 나는 어인이 되어 물건을 물 밖으로 배달했다.

다이빙을 마치고 우리 몫의 식료품과 생필품을 챙겨서 빌딩으로 돌아가는 길. 요즘은 이 시간이 행복하다. 물건을 나누며 며칠은 버티게 됐다고 안도하는 버디들의 표정을 보는 일. 빌딩으로 돌아와 창가에 서서 란희 누나가 부르는 노래를 듣는 일. 예전에는 다이빙을 하며 내 행복만 챙겼는데, 이제는 다른 사람을 도울 수 있어서 흐뭇했다. 내 숨이 헛되게 쓰이지 않아서 힘들어도 숨차지 않았다.

오늘은 특별히 혜미와 세아를 위한 선물을 준비했다. 선물 보따리를 풀자 두 사람은 손뼉을 치며 환하게 웃었다. 보트 위의 어떤 버디는 이런 게 지금 왜 필요하냐, 너무 낭만적인 거 아니냐며 고개를 갸웃거렸었다. 하지만 혜미와 세아의 웃음을 보자 가져오길 잘했다고 생각했다.

"이게 대체 몇 권이야?"

혜미의 눈과 입이 동그래졌다.

"열 권."

혜미와 세아가 물 먹은 책을 가슴에 안았다. 세아의 미술책과 혜미의 소설책이었다. 책은 젖어도 여전히 책이었다. 책을 좋아하는 사람에게 책은 젖어도 상관없는 것이다. 혜미와 세아는 책장을 한 장씩 말려 가며 읽을지도 모르겠다. 아니, 당장 한 장씩 조심스레 떼어 가며 읽을 기세였다.

다행히 전부 아직 읽어 보지 않은 책들이라고 했다. 열심히 고른 보람이 있었다. 그러나 이미 읽은 책이었어도 둘은 똑같이 좋아해 줬을 것이다. 무엇보다 그림 없는 미술책을 빌려다 줬던 세아에게 이제야 덜 미안했다.

오늘 간 다이빙 포인트 옆에 대형 서점이 있었다. 물속 서점은 책 무덤 같았지만, 책은 젖는다고 죽는 게 아니라서 펼칠 수 있었다. 물속이라 그런지 모든 책들이 다 재밌어 보였다. 그래서 한 권을 골라 펼쳤다. 물속에서 독서를 한다는 것이 묘해서 나도 모르게 계속 읽게 되었다. 윤씨 아저씨가 어깨를 잡지 않았다면 아마 끝까지 읽었을 것이다.

"무슨 책이었어?"

물속에서도 읽게 만든 책이라니까 궁금한지 혜미가 물었다. 나는 혜미한테 준 책 중에서 한 권을 집어 들었다. 『젊은 베르테르의 슬픔』. 혜미는 자기도 궁금했던 책이었다며 제일 먼저 읽겠다고 말했다.

"다음에는 같이 가자. 물속에서 책 읽고 고르는 거 나도 해 보고 싶어."

나는 고개를 끄덕이며 혜미에게 책 한 권을 더 내밀었다. 그동안 세아가 읽어 주었던 그림이 모두 담겨 있는 책이었다. 혜미가 보고 싶다고 작은 목소리로 중얼거리듯 말했던 그림들. 혜미는 받자마자 달라붙은 책장을 찢어지지 않게 조심히 떼어내며 그림을 하나하나 찾았다. 나 또한 내 그림이 궁금해서 못 참고 흔들리는 보트에서 젖은 책을 펼쳤었다. 〈바다 옆 방〉은 머릿속으로 그려 봤던 빛깔과 분위기 그대로였다. 문턱에 앉아 바다에 발을 담그고 나를 기다리는 세아만 없을 뿐이었다.

혜미는 모든 그림을 찾아본 뒤 마지막으로 자신의 그림인 〈빛의 제국〉을 아주 오랫동안 감상했다. 그 그림은 젖어도 혜미의 그림이었다. 나도 옆에서 같이 감상했다. 상상대로 아주 예쁘고 신비로워서 자꾸 들여다보게 하는 그림이었다. 보고 있으면 쓸쓸하지만, 쓸쓸해도 좋다고 느껴지는 그림이었다. 나중에는 아늑하고 고요하고 평화로운 기분이 찾아들었다.

세아가 혜미 언니 같다고 했던, 집 앞에 쓸쓸하게 서 있는 가로등에 혜미가 손을 갖다 대더니 눈물을 흘렸다. 젖은 그림이 혜미를 젖게 하고 있었다. 내내 참았던 눈물 같았다. 누구나 마음속에는 빛과 어둠이 같이 있는 것이다. 혜미는 빨리 마르라고 밤새 그 페이지를 펼쳐 두었다. 아니, 계속 들여다보고 싶어서 그런 것 같았다.

세아 혼자만 비밀스럽게 알고 있던 그림을 이제는 우리도 알게 되었다. 그리고 세아 혼자 알고 있다고 생각했던 그림을 아저씨가 이미 알고 있었다는 걸, 나는 비밀로 했다.

해 질 무렵이 되자 구름은 더욱 빨개졌다. 창밖을 내다보던 세아가 구름이 무서웠는지 아저씨를 찾았다. 핏빛 구름이 내려앉은 바다가 붉게 넘실대자 새로운 공포가 엄습했다. 바다는 익숙해졌다 싶으면 다른 모습을 드러내 우리를 겁주었다.

아저씨는 다이빙을 마치고 나를 빌딩 앞에 내려 준 뒤 보트를 다시 돌렸다. 붉은 구름과 평소와 사뭇 다른 바다가 침착한 아저씨를 다급하게 만든다는 생각이 들었다. 늦기 전에 누군가에게 전할 말이 있다고 했다. 잠수란 다른 세계로의 여행이고, 그 시간 동안은 이쪽 세상과 잠시 결별하는 거나 마찬가지다. 잠시가 영원이 될 수도 있는 위험한 직업이다 보니, 아저씨는 평소 하고 싶은 말이 있다면 다이빙 전에 꼭 전하라고 했다.

샘 아저씨는 죽음을 두려워하지 않았다. 수천 번의 다이빙으로 여러 번 죽을 고비를 넘겼고, 죽어 본 것도 같다고 말했다. 아저씨가 죽음을 두려워하지 않는 건 죽음은 물속에서 느끼는 무중력 같은 거라고 믿어서였다. 그런 아저씨에게도 죽음보다 두려운 게 있었다. 사랑하는 사람에게 하고 싶은 말을 전하지 못하고 죽는 것이었다. 아저씨는 그 죽음은 무중력 같지 않고 고통스러울 거라고 생각했다.

혜미와 세아도 붉은 구름을 심각하게 쳐다보며 누군가에게 전하고 싶은 말을 생각하는 것 같았다. 묻지는 않았지만 그 말이란 복잡하거나 어려운 표현은 아닐 것이다. 짧고 단순한데도 평소

162

잘 하지 않는 그 단어일 것이다. 다들 알고 있을 그 한마디뿐일 것이다. 아저씨도 다급히 그 말을 전하러 갔을 것이다.

이상하게 밤이 됐는데도 구름에 드리워진 붉은빛이 계속 보였다. 검붉은 안개라도 낀 것처럼 어둠도 불그스름한 빛을 띠었다. 무슨 일을 벌이려는 저희끼리의 속삭임일까. 엿듣기라도 해 보려고 창문을 열고 밖을 내다봤다. 란희 누나의 노래 대신 검붉은 바다가 빌딩을 찰싹찰싹 때리는 소리가 들려왔다. 여기까지 올라오겠다는 것일까, 아예 무너뜨리겠다는 것일까. 그저 겁만 주고 돌아서길, 우리가 염려하는 그 일의 전조가 아니길.

그런데 파도 소리 사이로 슥슥, 끅끅, 잔해 지나가는 소리가 다른 날보다 선명하게 들렸다. 줄어들었다고 생각했던 잔해도 언제부턴가 다시 늘어나고 있었다. 나는 창문을 닫은 뒤 검붉은 어둠이 보이지 않게 커튼을 쳤다.

우리는 아저씨를 기다리며 촛불을 켜고 밥을 먹었다. 구운 햄에 참치 캔, 단무지가 전부였지만 다이빙을 다녀온 날이라 이 정도면 풍성한 식사였다. 그런데 밥을 잘 먹던 세아가 갑자기 숟가락을 내려놓더니 집에 가고 싶다고 칭얼댔다. 그동안의 의젓함은 어디 가고 딱 아홉 살 철부지로 돌아간 듯했다.

"오빠, 우리, 집에 가 보자."

혜미의 눈이 내 눈과 마주쳤다.

"왜 오빠는 우리 집에는 안 가?"

"멀잖아."

나는 단무지를 씹으며 서둘러 대답했다.

"보트 있잖아. 모터로 가는. 저번에 혜미 언니 집에는 갔으면서 왜 우리 집은 안 가? 언니 집은 더 멀잖아."

"갈 거야."

"언제?"

"곧."

"곧이 언젠데?"

"……."

"언제냐고! 오빠 진짜 나빠!"

세아가 큰소리를 내자 루나가 놀라서 사료를 먹다 말고 혜미 무릎으로 올라갔다.

"너 진짜 자꾸 어린애처럼 굴래!"

화가 나서 나도 소리를 쳤다.

"나 어린애 맞거든?"

"아홉 살이 무슨 어린애야? 다 큰 애지! 엄마 아빠 찾을 나이 아니야! 오빠는 네 나이 때 안 그랬어! 혼자서도 잘 지냈다고!"

"오빠는 친구가 없으니까 그랬지!"

세아도 지지 않고 대들었다.

"쪼그만한 게 진짜!"

"봐, 오빠도 나한테 쪼그맣다고 하잖아."

"너 계속 그렇게 징징대고 오빠한테 대들면 저 바다에 확 집어 던져 버린다!"

세아가 토라져서 혜미의 침대로 올라갔다. 나는 혜미한테 달래 주지 말라는 눈짓을 보냈다. 입술을 삐죽대던 세아는 결국 설움을 참지 못하고 혜미 무릎에 얼굴을 파묻고 울었다.

"뚝 그쳐! 13층 지유는 너보다 네 살이나 어린데 한 번도 안 울고 집에 가잔 말도 안 했다더라."

"오빠, 미워!"

혜미가 울지 말라며 세아의 어깨를 토닥거렸다. 세아의 작은 어깨는 서러울 정도로 들썩였고, 더러운 손으로 눈물을 훔쳐서 생긴 시커먼 땟국이 볼을 타고 줄줄 흘러내렸다. 팔다리에 모기 물린 상처는 또 어찌나 많은지. 꼭 난민촌 아이 같았다. 그 모습을 보자 괜히 속이 상했다. 세아를 두려움에 떨지 않게 하고 우는 일도 없게 해 주고 싶었다. 그런데 바다에 집어 던진다는 말이나 하고.

"세 밤 자고 갈 거야. 그러니까 뚝 그쳐."

그 말에 세아의 어깨 흔들림이 조금씩 잦아들었다.

"나도 데려가는 거지?"

세아가 울음을 삼키며 물었다.

"네가 가기엔 너무 위험해."

"보트 타는 게 뭐가 위험해?"

"수영도 못하잖아."

"그래도 갈래. 구명조끼 입으면 돼."

"그럼 밥 많이 먹어."

세아가 입술을 내밀고 눈을 치떠 나를 쳐다봤다.

"밥 먹을 때마다 두 공기씩 먹어. 세 밤 지나는 동안에. 알았지?"

세아는 눈물을 닦으며 다시 테이블로 와서 앉았다. 그러고는 숟가락을 들어 밥을 크게 한 술 떠 입에 넣었다.

"체하니까, 천천히 많이 먹어."

"진짜 데려갈 거지?"

세아가 입에 밥을 잔뜩 넣은 상태로 우물거리며 물었다.

"그래."

세아는 내 말대로 천천히 많이 먹었다. 나중에는 많이 먹었다는 걸 티내려고 일부러 배를 빵빵하게 부풀려서 손바닥으로 두드렸다. 나는 수건에 물을 적셔 땟국 진 세아의 얼굴을 닦아 주었다. 세아는 나를 올려다보며 지유는 진짜 한 번도 안 울고 집에 가잔 말도 안 했냐고 물었다. 나는 잘 모르면서 그렇다고 거짓말을 했다.

밥을 다 먹고 우리는 각자의 침대에 누웠다. 열한 시가 넘었는데 아저씨는 아직 돌아오지 않았다. 테이블에는 다섯 개의 양초가 옹기종기 모여 소곤거리듯 타고 있었다.

"세아는 왜 수영을 못해?"

혜미가 옆으로 누워 세아를 보며 물었다.

오빠가 명색이 다이버인데 수영을 못한다고 하니 이상했을 것이다. 사실 세아는 여섯 살 때 수영을 배우다 코에 물이 심하게 들어간 적이 있다. 그 후로 더 이상 수영을 배우려고 하지 않았고, 가 보지도 않았으면서 바다를 무서운 곳이라 단정하고 싫어했다.

나는 세아가 물을 두려워하지 않도록 다이빙과 바닷속 얘기를 자주 들려 주었다. 그러자 세아는 조금씩 바다를 궁금해하기 시작했다. 어느 날은 내 귀에 대고 작은 목소리로 '오빠, 바닷속이 보고 싶어' 하고 고백했다. 그러나 직접 바다에 가서 보고 싶다는 뜻은 아니었다.

나는 여섯 살 세아의 손을 잡고 우리나라에서 제일 큰 아쿠아리움에 데리고 갔다. 바다 동물이 자유롭게 헤엄치는 두꺼운 유리 벽 앞에서 세아는 고개를 든 채 입을 다물지 못했다. 세아는 유리 벽을 손가락으로 가리키며 저게 바다냐고 물었고, 나는 저것은 바다를 세아 새끼손톱만큼 흉내 낸 거라고 말해 주었다. 비슷하지만 진짜 바닷속은 저것보다 백 배는 예쁘고, 오빠는 잠수복 입고 물속에서 숨을 쉬고 헤엄치는 사람이라고. 그러자 세아는 자기 새끼손톱을 유리 벽에 대 보았다.

아무리 내가 바다는 저것보다 수억 배는 깊고 넓고 푸르다고 말해도, 세아의 첫 바다는 아쿠아리움 유리 벽을 통해 봤던 그 바다가 되었다. 파도도 치지 않고, 해일도 없는 착하고 평화로운 바다. 바다를 그릴 때도 아쿠아리움의 커다란 수조를 그릴 정도였다. 아쿠아리움에 다녀온 후 세아는 잠이 오지 않을 때마다 신비한 바닷속 얘기를 해 달라고 졸랐지만, 아마 그 얘기조차 수조 속에서 벌어지는 일이라고 상상하며 들었을 것이다.

수조에 갇혀 있다고 생각했던 바다가 어느 날 갑자기 눈앞으로 찾아와 버렸으니 세아는 아주 무서웠을 것이다. 그래서인지 세아는 도시를 차지하고 망가뜨린 저 바다를 '나쁜 물'이라고 불렀다.

"세호는 참 좋겠다. 오빠 말 잘 듣는 동생이 있어서."

혜미가 부러운 목소리로 말했다.

"난 언니 동생이기도 해."

"뭐?"

세아의 말에 혜미의 눈이 커다래졌다.

"내가 언니 동생도 돼 줄게."

"진짜?"

"응. 살아남았으니까."

세아는 자고 있던 루나를 안고 혜미의 침대로 옮겨 갔다. 그래, 살아남으면 누구든 가족이 되는 것이다.

내내 자리를 비웠던 촛불 주인은 자정 무렵 비에 젖은 몸으로 돌아왔다. 모두 설핏 잠이 들었고, 양초가 바닥과 많이 가까워져 있을 때였다. 아저씨는 무표정이었지만 일부러 감정을 감추고 있다는 걸 오랜 버디로서 알았다. 나는 눈빛으로 아저씨에게 물었다.

'그분은 만나셨어요?'

'응.'

'정말 다행이에요. 무사하셔서.'

'고맙다.'

'전하고 싶은 말은 하셨어요?'

'응.'

살아남았으므로 말을 전할 수 있는 것이다.

'그분은 뭐래요?'

'꼭 다시 보자고.'

'잘됐어요, 아저씨.'

아저씨는 웃지 않았다. 몇십 년 만에 첫사랑과 재회하고 돌아왔는데도 웃을 수 없었다. 우리는 누군가의 무사가 미안해지는 시간을 보내고 있었다.

그때 자고 있던 혜미와 세아가 동시에 깨어났다. 자정이 넘었는데도 다들 잠에 들지 않자 아저씨가 세아에게 그림을 부탁했다. 세아는 모두를 위한 그림을 읽어 주었고, 이제 우리는 그림을 바로 감상하며 세아의 얘기를 들을 수 있었다. 오늘 우리가 본 그림은 쇠라의 〈그랑드 자트 섬의 일요일 오후〉였다.

세아가 그림을 읽어 주는 동안, 물이 계단 두 칸을 삼켜 버렸다.

세아가 13층 지유를 만나고 싶다고 해서 같이 올라갔다. 지유가 진짜 한 번도 울지 않고 집에 가자는 말도 안 했는지 제딴에는 확인하고 싶은 모양이었다.

지유가 머물고 있는 사무실은 빛이 살짝만 들어오게 블라인드 각도를 낮춰서 어두컴컴했다. 지유는 이모와 피크닉 돗자리에 앉아 아침을 먹던 참이었다. 옥주 아줌마가 커튼으로 만들어 준 옷을 지유도 입고 있었다. 그래서 세아와 지유는 꼭 자매 같았다. 위생에 신경 쓸 여력이 없어서 땟국물 흐르는 얼굴과 땀에 젖은 머리카락, 팔다리의 모기 물린 자국까지도 똑같았다.

지유 이모는 언니 부부가 해외 출장을 떠나며 맡기고 간 지유와 피크닉을 나왔다가 빌딩에 갇히고 말았다. 지유는 밝고 명랑하게 잘 지내고 있지만 마음이 여린 지유 이모는 지유를 보며 자주 훌쩍였다. 지유는 이모가 눈물을 보일 때마다 안아 주며 울지 말라고 어깨를 토닥였다. 어쩌면 지유가 진짜 한 번도 울지 않고 집에 가잔 말도 하지 않았을지 모른다는 생각이 들었다.

세아가 돗자리로 가서 앉으며 지유에게 물었다.

"지유야, 집에 가고 싶지 않아?"

"엄마 아빠가 곧 데리러 온댔어."

지유는 웃으면 반달이 되는 눈으로 천진하게 말했다. 낯가림이

170

없어서 누구한테나 사랑받는 아이였다.

"지유는 그동안 엄마 보고 싶다고 한 번도 안 울었어?"

"응."

지유가 고개를 끄덕이자 세아는 좀 놀란 것 같았다.

"지유는 왜 안 울어?"

"음, 울면 산타 할아버지가 선물 안 준댔어."

그러면서 〈울면 안 돼〉라는 동요를 아기 새 같은 입으로 재잘재잘 불렀다. 세아는 지유가 울지 않는 이유를 알고 안도하는 것 같았고, 나는 지유가 너무 귀여워서 넋 놓고 쳐다봤다. 지유는 도시에서 일어난 저 무시무시한 난리가 자신과 무관하다는 듯, 어떤 끔찍한 악마도 훼손할 수 없을 거라는 듯 해맑기만 했다. 지유의 웃는 얼굴을 보고 있노라면 그 순간만큼은 근심과 걱정 따위는 잊어버렸다.

그러나 지유 이모의 표정은 지유가 맑게 웃을수록 오히려 어두워졌다. 몸도 마음도 약한 지유 이모는 빌딩 사람들 중 도시의 상황을 가장 공포스러워한다. 바깥 광경을 가능한 한 보지 않으려고 애썼고, 파도가 출렁이는 모습만 봐도 심장이 뛴다며 란희 누나와 달리 창문을 싫어했다. 그래서 바깥이 최대한 보이지 않게 항상 블라인드를 내려놓고 지냈다. 며칠 전에는 불안과 호흡 곤란 증세가 있다며 한밤중 샘 아저씨를 찾아와 신경 안정제를 부탁하기도 했다.

그때 느닷없이, 지유의 노래가 끝나자마자 세아가 불쑥 말했다.

"지유야, 산타 할아버지는 세상에 없어."

놀란 내가 얼른 세아의 입을 틀어막았다. 지유 이모도 놀랐지만 다행히 지유는 그 말을 못 들은 것 같았다. 나는 들고 온 초코 과자를 지유 손에 쥐여 준 뒤 세아의 팔을 끌고 복도로 나왔다.

"너 오빠한테 또 혼날래?"

"지유가 거짓말에 속고 있잖아."

세아가 이마를 찡그리며 나를 올려다봤다.

"산타 할아버지가 없다는 걸 알면 지유도 울고 싶을 때 안 참아도 될 거야."

"아무리 그렇다고 해도 그게 꼭 지금일 필요는 없잖아."

세아는 입술을 삐죽 내밀었다.

"넌 산타 할아버지가 없다는 걸 언제 알았어?"

"일곱 살 때."

"지유도 그때쯤 알게 될 거야. 그런 거짓말은 좀 오래 속아도 괜찮지 않을까?"

세아가 고개를 푹 숙였다.

"지유는 울고 싶지 않으니까 안 우는 걸 거야."

"그럼 울고 싶으면 울어도 돼?"

"알았어. 집에 데려갈게."

나는 세아 손을 잡고 계단을 내려갔다. 한 층씩 내려갈 때마다 계단참 창문으로 잠긴 도시가 보였다. 붉은빛 도시는 너울에 휩싸여 거칠게 심호흡했고, 잔해들은 전보다 크게 슥슥, 끽끽거리며 흘러갔다. 파도는 바다의 심장 박동이다. 파도가 멈추지 않는 한 바다는 죽지 않는다. 문제는 그 박동이 점점 빨라지고 있다는 것이다.

나는 세아의 눈을 들여다보며 물었다.

"오빠가 저번에 알려 줬던 거 기억하고 있지?"

"해일에 대한 거?"

"응."

나는 세아가 무서워하는 걸 알면서도 해일이 오면 어떻게 행동하고 대비해야 하는지 또 가르쳤다. 세아는 내 말을 중간에 끊고 들어와 이미 달달 외우고 있는 행동 요령을 큰 소리로 읊었다. 세아는 잘 기억하고 있었다. 나는 세아의 어깨를 붙잡고 창문 너머의 붉은빛 박동을 응시했다.

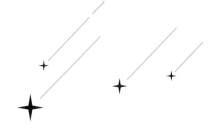

집으로

모처럼 구름 한 점 없이 맑은 날이었다. 햇살은 부러질 듯 빳빳하게 내리쬐고 바람은 선선하게 불었다. 창틀에 올려 둔 책은 비스킷처럼 바삭하게 마르며 부풋부풋해졌다. 책은 젖어도 살아나니까. 가벼워진 책장이 여름 바람에 들썩일 때마다 사각사각 눈밟는 소리가 났다. 마른 문장을 읽으면, 어떤 슬프고 아픈 문장도 뽀송뽀송한 느낌으로 와닿을까. 축축하지 않은 기억으로 남을까. 만약 그렇다면 지금 문장은 마르는 게 아니라 우리가 읽기 좋게 햇볕에 구워지는 중이다.

세아는 책을 말리는 재미에 빠져서 아침부터 창 앞을 지키고 있다. 말리면서 읽기도 했고, 햇볕이 좀 더 강해서 읽는 속도보다 마르는 속도가 빨랐으면 좋겠다고 소파에 걸친 다리를 조바심 나게 흔들어대기도 했다. 세아는 혜미 책도 같이 말려 주었다. 다 마르면 『젊은 베르테르의 슬픔』은 적어도 축축한 슬픔은 아닐 것이다.

　나와 혜미는 보트 다이빙 전까지 시간이 남아서 펀 다이빙을 하기로 했다. 혜미는 어디까지 가야 한다거나 물건을 가지러 가기 위해서가 아니라, 자유롭게 잠수하며 무중력의 아늑함을 느껴보고 싶다며 내게 버디를 요청했다.

　우리는 입수해 아래로 내려갔다. 물은 더 맑아졌고, 구름의 방해를 받지 않는 햇살이 물속을 비춰서 도시가 선명하게 보였다. 물속 도시는 사진으로만 봤던 수중 도시들 같았다. 자연재해로 수몰된 사진 속 도시는 두꺼운 퇴적물에 덮여 있을 뿐 당시 모습을 그대로 간직하고 있었다. 그것은 누군가 바다로 집어 던지거나 옮긴 게 아니라 바다가 하루아침에 집어삼킨 것이었다. 지금 우리의 도시처럼. 모든 걸 잃고 그들은 어떻게 살아갔을까. 누렸던 걸 어떤 심정으로 단념했을까.

　우리의 물속 도시 산책은 이상하리만치 평화롭고 즐거웠다. 혜미는 투명한 물방울 모양 다이아몬드 안에서 유영하는 인어처럼 아름다운 자태로 도시 곳곳을 누볐다. 우리는 세븐일레븐을 지나 스타벅스로, 도로를 건너 CGV를 거쳐 피자헛으로, 반디앤루니스를 나와 맥도날드로, 강이 흐르는 다리를 건너 공원으로 손을 잡고 걸었다. 가까이서 서로를 지켜보고, 눈빛으로 서로의 마음을 읽으며 물살을 갈랐다. 비행하듯 공중으로 떠올랐다 내려앉기도 하면서 헤엄쳤다. 물고기들은 우리 앞을 유유히 지나갔다.

도시는 끝도 없이 이어져서, 도시가 끝나지 않는 한 우리의 즐거움도 끝나지 않을 것 같았다. 끝나지 않는다면 이대로 바다 끝까지 가 보고 싶었다. 즐거움이 멈추지 않게 평생을 물속에서 헤엄만 치며 살고 싶었다. 아픈 기억을 잊을 수 있다면 어인이 되고도 싶었다. 혜미와 마리아나 해구로 떠나 단둘이 지내 보고도 싶었다. 그러나 야속하게도 다이브 컴퓨터가 돌아갈 시간이라고 알려 왔다.

　아쉽지만 우리는 도시 산책을 마치고 빌딩으로 돌아가 수중에서 안전 정지를 했다. 우리 머리 위로 태양이 춤추듯 일렁였다. 물속까지 곧게 스며든 여러 가닥의 하얀 햇살이 혜미를 눈부시게 비춰 주었다. 뮤지컬 배우가 무대에서 핀 조명을 받는 것 같았다. 그것은 내가 좋아하는 다이빙 순간 중 하나다. 수면 위로 보이는 흔들리는 태양과 물속으로 화려하게 뻗어 들어온 햇살이 온몸을 아늑하게 감싸는 순간.

　3분의 안전 정지 시간 동안 우리는 서로의 눈을 감미롭게 바라보며 이야기를 나누었다. 희미해진 고통과 슬픔 뒤로 무중력의 평화가 찾아왔다. 혜미의 몽환적인 눈빛이 나를 무중력으로 이끈 걸까. 아무것도 생각나지 않고 오로지 혜미만 보였다. 이 시간이 달콤해서 영원히 멈춰 버렸으면 좋겠다고 생각했다. 혜미도 내 마음과 같다고, 촉촉해진 눈으로 말했다.

　보통은 버디가 있어서 안전 정지 시간이 지루하지 않지만, 혜미와 함께한 3분은 너무 짧게 느껴졌다. 3분이 지나 혜미가 올라가려고 하자 나도 모르게 혜미의 손을 아래로 끌어내렸다. 혜미는 좀 놀란 것 같았지만, 이내 두 손으로 내 얼굴을 감싸고 내 눈을 들여다봤다. 우리는 그렇게 3분을 더, 거기서 2분을 더, 그리고 또 1분을 더 부채꼴로 퍼지는 햇빛 속에 찬란하게 서 있었다. 우리 말고는 아무도 없는 텅 빈 수중 도시에서, 한없이 고요한 수중 도시에서 말없이 서로를 바라보며.

물 밖으로 나온 혜미는 기억에 남을 로그 기록이었다고 말했다.

우리는 식료품과 생필품을 구하러 보트에 올라탔다. 오늘의 다이빙 포인트는 상태가 비교적 양호한 편이라서 가져올 수 있는 물건이 많았다. 어느 때보다 호흡도 잘 맞아 흥겹고 신나게 식료품을 쓸어 담았다. 이 정도 양이면 더 먼 빌딩들도 도울 수 있었다. 마치 보물섬을 발견한 기분이었다. 우리는 매일이 오늘만 같으면 좋겠다고 수신호를 교환하며 세 번째 다이빙을 마치고 나왔다. 보트에서는 더 즐거운 시간이 우리를 기다리고 있었다. 수면 휴식을 취하며 버디들이 끌어올리는 만선의 그물을 보는 일.

그런데 혜미와 나, 윤씨 아저씨가 보트로 올라왔을 때 먼저 출수를 마친 샘 아저씨가 심각한 표정으로 수평선을 살피고 있었다. 입수 전까지만 해도 깨끗했던 하늘은 붉은 구름으로 가득 차 있었다. 핏물 같기도 불기둥 같기도 한 구름이었다. 그 때문에 오후 두 시인데도 어두컴컴했고, 여름은 어디 가고 한겨울 찬바람이 세게 불었다.

"부글부글 끓고 있어."

아저씨가 미간이 찌푸려질 정도로 가느다래진 눈으로 바다 끝을 바라보며 말했다.

"어디서 들었는데, 그건 곧 해일이 닥칠 징조라고 했어요."

민규 형이 옆에서 말했다.

상황 판단을 빠르게 마친 아저씨가 보트 버디들을 향해 강한 어조로 당장 철수하라고 명령했다. 내 눈에는 보이지 않았는데, 아저씨 눈에는 보인 것이다. 민규 형 말대로 바다 끝이 부글부글 끓는 건 해일이 닥칠 징조 중 하나였다. 한 차례 더 올 거라고 했던 지구의 몸부림이 드디어 시작된 것인가. 겁먹은 표정의 버디들이 서둘러 빌딩으로 보트를 돌렸다.

그러나 멀리 왔으므로 돌아가는 길 또한 멀었다. 순식간에 바람이 거칠어지는 게 느껴졌다. 그리고 아저씨 눈에만 보이던 것이 우리의 눈에도 보이기 시작했다. 버디들이 뒤를 돌아보며 소리를 질렀다. 보트 속도를 높였지만, 바람의 속도가 더 빨라서 우리를 곧 따라잡을 기세였다. 그래도 조금만 더 속도를 낸다면 곧 빌딩에 도착할 수 있을 것 같았다. 보트는 공중으로 튀어오를 듯 출렁이며 빌딩을 향해 달려 나갔다.

그런데 빌딩보다 우리를 쫓아오는 붉은빛 해일이 먼저 보였다. 그것이 가까이 온다면 보트는 무조건 뒤집힐 것이다. 빌딩을 300미터 앞두고 샘 아저씨는 두 번째 상황 판단을 했다. 보트에서 뛰어내려 잠수하라는 것이었다. 이럴 때는 오히려 물속이 더 안전할 수 있었다.

한 버디가 망설이다 구명조끼를 입은 채 뛰어내리자 나머지도 따라서 우수수 바다로 몸을 던졌다. 민규 형도 구명조끼를 착용한 상태라 그대로 입수했다. 마지막으로 우리도 보트를 버리고 뛰어내렸다. 구명조끼가 없어서 우리는 프리 다이빙을 해야 했다. 아저씨는 혜미와 내 허리를 밧줄로 묶어 주며 손을 놓치지 말라고 당부한 뒤, 파도만 잘 타면 무사할 거라고 안심시켰다.

샘 아저씨와 윤씨 아저씨 그리고 나와 혜미는 손을 꼭 잡은 채 해일을 마주 보았다. 높은 벽 같은 붉은 파도. 지난번 해일보다는 파고가 낮은 것 같았지만 빌딩이 아닌 물 위에서 보는 해일이라 엄청나게 높게 느껴졌다. 두려웠지만, 이겨 내야 한다는 각오로 두려움을 억눌렀다. 드디어 해일이 눈앞에 도착했을 때, 우리는 동시에 숨을 깊게 들이마시고 입수했다.

우리가 잠수하자 곧바로 붉은 해일이 머리 위로 지나갔다. 혜미와 나는 서로를 꼭 끌어안았다. 해일이 우리를 앞으로 당긴 뒤 위로 끌어 올렸다 바닥으로 내동댕이쳤다. 롤러코스터를 타는 느낌이었다. 다행히 아저씨가 묶어 준 밧줄 덕에 거친 파고에도 혜미와 나는 떨어지지 않았다. 우리는 해일의 흐름을 타며 잠수했다 다시 수면 위로 올라왔다. 공기를 양껏 들이마신 우리를 해일이 뒤로 당겨 올렸다 밑으로 고꾸라뜨렸다. 해일은 그런 과정을 서너 번 반복하며 높은 벽을 차츰 낮추었고, 우리를 먼 곳까지 떠밀어 놓았다.

순식간에 벌어진 일이었다. 높은 벽이 허물어지자 언제 그랬냐는 듯 바다는 얌전해졌다. 대신 온갖 잔해들을 다시 우리 눈앞에 데려다 놓았다. 그 사이로 버디들이 하나둘 떠올랐다. 구명조끼를 입어서인지 다들 무사한 것 같았다. 윤씨 아저씨와 민규 형도 무사했다.

하지만 사람들이 질러대는 소리가 여기저기서 들려왔다. 그렇지 않은 사람들은 말과 정신을 잃은 상태로 속절없이 떠올랐다. 멀리서 여기까지 밀려와 죽은 사람들이었다. 잔해에 부딪히고 찢겨서 다친 사람들이었다. 해일이 잠잠해지자 그런 사람들은 끔찍한 모습으로 잔해에 휩쓸려 슥슥, 끅끅 소리를 내며 밀려들었고, 바다를 긁으며 파고들었다. 자세히 들여다봐야 잔해인지 사람인지 구분할 수 있었다. 사람인 것 같아서 도우려고 다가가면 이미 죽어 있는 경우도 많았다. 다시 쏟아져 나온 사연들에, 다시 시작된 공포에 혜미가 입을 틀어막았다.

그런데 샘 아저씨는 어디 있지? 올라오고도 남을 시간인데 아저씨가 보이지 않았다. 우리는 주변을 두리번거리며 아저씨를 불렀다.

"아저씨! 샘 아저씨!"

나는 숨 막히게 고요해진 바다를 빙그르르 돌았다. 습한 바람이 귀를 스쳤다. 구름 사이로 비치는 날카로운 태양 빛이 눈동자를 찔렀다. 시야가 흐려지고 소리는 점점 멀어져 갔다. 머리를 세차게 흔들어도 소용없었다. 마침내 아무것도 보이지 않고 들리지도 않았다. 꿈을 꾸는 것만 같았다. 아니, 꿈이었으면 좋겠다는 생각이 들었다. 갑자기 바닥에 눕고 싶어졌다. 기운이 순식간에 빠져나가고, 몸은 물속으로 나른하게 가라앉았다. 그리고 눈이 감기고 귀가 닫혔다. 의식도.

의식까지 물에 잠겨 버린 나를 잡아 올린 건 혜미였다. 혜미가 내 이름을 부르며 어깨를 흔들었다. 고개를 들어 간신히 눈을 떴을 때, 아주 멀리서 누군가가 손을 흔들고 있었다. 나를 부르는 소리가 이명처럼 들려왔다. 그 사람이 내 쪽으로 헤엄쳐 오자 시야를 덮고 있던 뿌연 막이 천천히 걷혔다. 귀가 멀어 버린 듯 짜글짜글 들렸던 소리도 제자리를 찾아갔다. 눈앞에서 나를 부르고 있는 건 샘 아저씨였다. 나는 아저씨를 부둥켜안고 눈을 질끈 감았다.

천둥 번개를 동반한 폭우가 쏟아지기 시작하자 버디들은 혼신을 다해 빌딩을 향해 헤엄쳤다. 중간에 힘이 빠진 사람을 도와가며 다 같이 빌딩 안까지 간신히 헤엄쳐 들어갔다. 다행히 크게 다치거나 낙오된 사람은 없었다. 빌딩이 비바람을 막아 주자 그제야 우리는 살아 돌아왔음을 실감하고 안도의 숨을 내쉬었다. 하지만 그것도 잠시였다.

　빌딩 6층 천장까지 차지해 버린 물에서 빠져나와 7층으로 이어진 계단을 타고 올라가고 있을 때였다. 민규 형이 나를 다급하게 부르는 소리가 빌딩 전체를 쩌렁쩌렁 울렸다. 나는 후들거리는 다리로 남은 계단을 얼른 뛰어 올라갔다. 복도에 피를 흘리며 쓰러져 있는 세아가 보였다.

　"세아야! 세아야!"

　세아는 불러도 대답이 없었고, 물에 젖은 루나가 옆에 앉아 쉰 목소리로 울고 있었다. 샘 아저씨가 세아의 상태를 살폈다. 유리창 파편에 이마가 찢어졌고, 뒤통수에서 피가 나고 있었다. 맥은 잡혔지만 의식은 없었다. 옮기자는 아저씨의 말에 윤씨 아저씨와 민규 형이 세아를 양쪽에서 들고 9층으로 뛰어 올라가 사무실 침대에 조심히 눕혔다. 샘 아저씨가 이불보를 찢어서 세아의 이마와 머리를 칭칭 감아 지혈했다.

　세아를 잠시 지켜보던 아저씨는 안 되겠다며 잠수 장비를 다시 챙겨서 사무실을 나갔다. 약이든 의사든 찾아오겠다고 했다. 나는 아저씨를 부른 뒤 수신호로 같이 가겠다고 말했다.

　'아저씨 버디는 저잖아요.'

　아저씨가 대답했다.

　'여기서 세아 버디는 너다. 걱정하지 마라. 빨리 다녀올 테니까.'

　그때 윤씨 아저씨가 샘 아저씨를 따라나섰다.

아저씨들이 떠나고, 안절부절못하는 내 손을 혜미가 잡아 주었다. 혜미는 세아의 체온이 떨어지지 않게 젖은 몸을 마른 수건으로 닦은 뒤 옷을 갈아입혔다. 민규 형으로부터 소식을 들은 빌딩 사람들이 하나둘 찾아왔다. 해일로 온몸이 젖은 란희 누나는 자신이 세아를 챙기지 않아서 생긴 일이라며 복도 바닥에 주저앉아 속을 태웠다. 다리를 다친 옥주 아줌마는 손가락을 접으며 묵주 기도를 했고, 지유 이모는 불안 증세를 보이며 복도를 서성대기만 했다. 잠시 후, 란희 누나는 아득하게 들려오는 목소리로 노래를 불렀다. 그 또한 기도 같았다.

우리는 세아의 의식이 돌아오기만을 기다렸다. 해일이 9층까지 덮쳤는지 세아가 정성스레 말리던 책들은 다시 젖은 채 바닥에 떨어져 있었다. 혜미가 책을 집어서 한쪽에 챙겨 두었다. 그때 세아가 나를 찾으며 간신히 눈을 떴다. 나는 얼른 세아한테 달려갔다.

"세아야, 정신 들어? 오빠야. 알아보겠어?"

"오빠……."

세아가 나를 쳐다보자 마음이 조금 놓였다.

"세아야, 나 혜미 언니야."

혜미가 걱정 가득한 눈으로 세아의 얼굴을 가까이 들여다봤다.

"응……."

그 말을 하고 세아가 눈을 감아 버리자 불안해진 나는 세아의 이름을 계속 불렀다. 그러자 잠시 후 세아가 다시 눈을 떴다. 아까

보다는 정신이 더 돌아온 것 같았고, 눈동자의 초점도 또렷했다.

"어쩌다 다친 거야?"

나는 세아의 손을 잡고 물었다.

"기억나?"

혜미의 목소리는 가늘게 떨리고 있었다.

"오빠, 언니 오는지 보려고 내려갔다가…… 루나가…… 물에 빠졌는데…… 내가 구했어……. 수영을 해서……. 그런데 나쁜 물이 와서…… 나를 밀었어……."

세아는 띄엄띄엄 느리게 말했다.

"알았으니까 그만 말해. 힘드니까 그만."

나는 세아의 다친 이마를 쓸어 주었다. 세아가 아픈지 얼굴을 찡그렸다.

"괜찮아. 곧 나을 거야."

"루나는……."

"네가 구해 줘서 괜찮아. 옆에 얌전히 앉아서 널 지켜보고 있어. 홀딱 젖긴 했지만."

"오빠…… 나 머리가 아파."

"샘 아저씨가 의사 선생님 모시고 오면 안 아플 거야. 아저씨 빨리 오신댔으니까……."

"응……."

"세아야, 조금만 참자. 우리 세아 참을 수 있지?"

184

나는 아저씨가 돌아올 때까지만 참아 주길, 잠은 세아 손에 이마를 대고 빌고 또 빌었다. 그런 내 어깨를 혜미가 꽉 잡아 주었다.

"너무 어두워……."

세아의 말에 나는 창밖을 내다봤다. 비가 내리고 있었지만 어둡다고 할 정도는 아니었다. 하지만 세아를 안심시키려고 말했다.

"밤이 되고 있으니까."

"촛불…… 켜야 하는데……."

"언니가 대신 켤게."

혜미가 양초 다섯 개를 세아 가까이 가져다 놓고 떨리는 손으로 불을 붙였다. 세아 주변이 환하고 따뜻해졌다. 촛불에 안정감을 느꼈는지 세아는 조금 편안하게 눈을 가물거렸다.

"오빠…… 잠이 와."

"그래, 자자. 자고 일어나면 다 나아 있을 테니까 걱정 말고 자자."

"응……."

나는 재우듯 세아의 어깨를 가만히 두드렸다.

"세아야, 자고 일어나면 언니한테 그림 읽어 줘야 돼. 알았지?"

혜미가 말했다.

"응……."

세아는 천천히 눈을 감았다. 창밖의 폭우도 잠잠해졌다.

아저씨들이 의사 선생님과 함께 빌딩으로 돌아온 건 비가 그친 무렵이었다. 그러나 다시 일어날 것 같던 세아는 그날 밤 잠자듯 떠났다. 선물처럼 찾아왔던 아이가 인사도 없이. 다섯 개의 별자리 중 하나가 소멸해 버렸고, 다섯 개의 양초 중 한 개가 꺼져 버렸다. 시간도 세상도 같이 숨을 멈춰서 고요해졌다.

나는 잠자고 있는 듯한 세아의 얼굴을 오랫동안 들여다봤다. 일렁이는 빨간 양초 불빛 때문인지 세아의 얼굴이 사과처럼 발그레했다. 아무래도 세아는 숨을 쉬고 있는 것 같았다. 그저 좋은 꿈을 꾸느라 신나서 얼굴이 빨개진 것처럼 보였다. 무슨 꿈을 꾸느라 뺨이 저토록 예쁘게 빨간 걸까 궁금해서 다가가 세아의 어깨를 흔들었다. 그만 자고 일어나 나한테 신나는 꿈 얘기를 들려 달라고. 그러나 세아는 내가 몸을 흔들수록 더 깊이 잠들었다. 현실의 악몽을 더는 꾸고 싶지 않다는 듯 눈을 꼭 감고 잤다.

나는 바닥에 주저앉아 멍하게 세아를 올려다봤다. 침대에 누워 있는 세아의 왼쪽 턱이 보였다. 세아가 꼭 〈감자 먹는 사람들〉에서 뒤돌아 앉아 있는 소녀가 된 것 같았다. 우리가 생각한 대로, 그 소녀는 행복한 미소를 짓고 있을 것이다. 모자를 안 쓰고 있어서가 아니라 엄마 아빠를 만났을 테니까. 엄마 아빠를 만나 신나서 세아의 얼굴이 저렇게 빨간 거라고, 나는 생각했다.

*

깨끗한 옷으로 갈아입은 세아가 푸른빛 방수포 안에 두 손을 모으고 누워 있다. 방수포는 바다를 무서워하는 세아를 위해 샘 아저씨가 어렵게 구해 온 것이다. 세아의 볼은 여전히 빨갛고, 입가에는 희미한 미소가 걸려 있다. 물이 들어가지 않을 테니 저 옷도, 미소도 젖지 않을 것이다. 그렇게 생각하자 조금 안심되었다.

아저씨가 방수포를 닫기 전, 혜미는 핀 하나를 풀어서 세아의 머리에 꽂아 주었다. 두 개 다 갖고 있어야 하잖아, 라고 했더니 혜미가 말했다.

"세아는 내 동생이잖아."

혜미는 그림 선물에 대한 보답이라고도 했다. 핀은 세아에게 잘 어울렸다. 핀 때문에 세아의 볼이 더 붉어 보였다. 나는 그림이 한 장도 훼손되지 않은 미술책 한 권을 세아 팔에 안겨 주었다.

"오빠가 많이 미안해."

그러고는 세아를 한참 동안 가슴에 품었다. 내 심장이 뛰는 소리를 세아의 심장이 뛴다고 착각하며 아주 오랫동안. 세아를 껴안은 팔을 풀자 아저씨가 천천히 방수포를 닫았다. 더는 볼 수도 만질 수도 없는 얼굴이 천천히 사라졌다. 묻을 땅이 없어서 우리는 세아를 수장해야만 한다.

"세아야, 오빠랑 집에 가자."

그래도 집으로 가는 거니까 세아가 좋아해 줄 것이다. 세 밤 자면 집에 데려가겠다는 약속대로, 오늘 나는 세아와 집에 간다.

세아가 처음으로 빌딩을 떠나는 시간. 빌딩 사람들이 통로까지 나와서 세아를 배웅해 주었다. 세아에게 노래를 많이 불러 주었던 란희 누나는 루나를 품에 안고 〈섬집 아기〉를 허밍으로 불렀고, 윤씨 아저씨는 아들 생각에 눈물을 터뜨렸다. 옥주 아줌마는 할머니처럼 수장되는 어린 세아를 애처로운 마음으로 보냈다. 초조한 눈빛의 지유 이모는 지유 손을 꼭 잡고 있었고, 민규 형은 자신이 내뱉었던 독한 말을 후회하며 창문 앞에 서서 잠긴 도시만 내려다봤다.

우리는 세아를 모터보트에 싣고 집으로 출발했다. 빌딩 사람들은 창가에 서서 세아가 안 보일 때까지 예의를 다해 작별 인사를 건넸다. 바람에 숨이 쉬어지지 않을 정도로 보트의 속도는 빨랐다. 보트는 도시를 떠도는 수많은 슬픈 사연과 비석을 지나갔고, 내가 지르고 싶은 소리를 대신 내 주며 열심히 달렸다. 오감을 스치는 모든 것이 너무 생경해서 어떤 문장으로도 이 느낌을 표현할 수 없을 것 같았다. 그래서 잊지도 못할 것 같았다.

세아의 간절한 마음을 아는지 보트는 집에 금방 도착했다. 빨리 도착했다는 사실조차 내게는 야속하기만 했다. 이상하게 소리를 지르지 않았는데도 목이 끊어질 것처럼 아팠다. 아저씨는 보트를 세우고 잠수 준비를 했다.

"세아야, 집에 다 왔어."

준비를 마친 나는 아저씨, 혜미와 함께 세아를 데리고 입수했다. 또 한 번의 슬픈 다이빙이었다. 검은 잠수복은 상복 같았고, 버블은 눈물방울 같았다. 통곡할 수는 없었다. 물속은 다른 세계이므로 슬픔조차 다른 방식이 필요했다.

뻗어 들어온 햇살이 우리가 가야 할 길을 비춰 주었다. 빛을 따라 우리는 엄숙한 자세와 느린 움직임으로 세아를 운구했다. 아저씨가 앞에서 이끌었고, 혜미와 내가 양옆을 지켰다. 애도하듯 작은 물고기들이 장례 행렬을 이루며 우리 뒤를 따라왔다.

나는 세아의 손을 잡고 횡단보도를 건넌 뒤 세아가 키다리 삼형제라고 불렀던 메타세쿼이아 세 그루가 있는 큰길을 따라 걸었다. 볼 때마다 많이 힘든 것 같아서 눕혀 주고 싶다던 기울어진 가로등은 세아의 바람대로 바닥에 누워 있었다. 누운 가로등을 거쳐, 용돈이 생기면 제일 먼저 달려가 과자를 사 먹던 영미 슈퍼, 세아와 마주칠 때마다 얼굴이 빨개지던 윤수네 백조 세탁소, 세아한테 잘 어울리는 시스루 뱅 스타일을 찾아 준 언니네 미용실을 지나갔다. 그리고 모퉁이를 돌자 느티나무 옆 우리 집이 나왔다. 세아가 신나서 내 손을 놓고 집으로 먼저 뛰어 들어갔다. 우리는 뒤미처 세아를 따라 들어갔다. 무너진 담장과 현관을 지나 안방 장롱 앞으로.

'엄마, 아빠, 저 왔어요.'

저번에 천으로 묶어 두었던 장롱은 여전히 잘 닫혀 있었다.

'세아도…… 왔어요.'

호흡기를 물고 있는 입술이 자꾸 떨려서 힘주어 꽉 깨물었다.

'죄송해요. 세아를 지켜 주지 못했어요.'

그때, 다 알고 있다는 듯 장롱 문이 덜컥 움직였다.

내가 인사를 하는 사이, 아저씨는 엄마 아빠가 묻혀 있는 장롱 옆문을 열었다. 가족들의 겨울용 외투와 작은 담요를 보관해 두는 곳이었다. 아래 칸에 세아가 좋아하는 돌고래 그림이 그려진 밍크 담요도 들어 있었다. 아저씨와 혜미가 옷과 담요를 모두 꺼냈다. 그러자 네모진 어둡고 큰 공간이 나왔다. 세아가 지내야 할 방이었다. 나는 세아가 추울까 봐 돌고래 담요를 가져다 바닥에 깔아 주었다. 아저씨와 혜미가 세아를 들어서 안에 눕혔다. 세아가 작아서 공간이 많이 남았다. 사람 하나 더 들어가도 될 정도로. 그 자리로 들어가 언제까지라도 같이 있어 주고 싶었다. 옆에 앉아 세아가 읽어 주는 그림 얘기를 밤새 듣고 싶었다.

'잘 있어, 세아야.'

나는 세아의 얼굴 부분을 오랫동안 쓰다듬은 뒤 천천히 문을 닫았다. 그러다 어둠이 자꾸 마음에 걸려서 다시 문을 열고 안에 랜턴을 넣어 주었다. 불빛이 가득 차자 환하고 따뜻해 보였다. 세아가 촛불이라고 생각해 주길 바라며 고개를 끄덕이자 혜미가 나 대신 문을 닫았고, 아저씨는 그때처럼 문손잡이를 천으로 단단히 묶

190

었다. 문이 닫히자 세아가 진짜 나를 떠나 버렸다는 사실이 실감났다. 문 하나로. 나는 양쪽 문에 손바닥을 대고 눈을 감았다.

'이제 두 분이 세아를 지켜 주세요.'

그리고 눈을 떴다.

'세아는 엄마 아빠랑 같이 있으니까 하나도 안 무섭지?'

세아가 대답이라도 하듯 갑자기 내 주변 물살이 거세게 움직였다. 잘 있겠다고 말해 주는 것 같았다. 아저씨와 혜미는 눈을 감고 고개 숙여 조의를 표했다.

'모두, 사랑해요.'

나는 마지막 인사를 건네고 안방을 나왔다. 일부러 뒤돌아보지는 않았다.

세아를 집에 데려다주고 우리는 수면을 향해 올라갔다. 물 밖으로 나가는 길이 아득하게만 느껴졌다. 발목에 쇳덩어리를 달아 놓은 것처럼 몸이 무거웠다. 나는 잡히지도 않는 물을 주먹으로 꽉 움켜쥐었다. 나를 행복하게 해 주었던 바다. 샘 아저씨와 나의 아름다운 바다. 우리의 파라다이스. 이걸 다 잃고 내가 살아갈 수 있을까. 가족 없이 사는 게 의미가 있을까. 엄마, 아빠, 세아와 함께 여기서 지내는 게 더 행복하지 않을까. 여기 있으면 고통도 절망도 다 잊게 되겠지. 더는 어떤 슬픔도 겪지 않아도 될 테지.

나는 올라가는 걸 멈추고 입에 물고 있던 호흡기를 뺐다. 곧 평화와 자유가 찾아올 것이다. 진짜 무중력의 세계로 떠나게 될 것이다. 아저씨 말대로, 죽음은 무중력 같을 것이다. 나는 눈을 감았다. 드디어 도착했나. 비단처럼 부드럽고 평온한 고요가 나를 감쌌다.

아주 긴 꿈을 꾸고 눈을 떴을 때, 내가 누워 있는 곳은 보트 위였다. 샘 아저씨와 혜미가 양쪽에서 나를 내려다보고 있었다. 보트 버디들의 박수 치는 소리가 생생하게 들려왔다. 그제야 아저씨가 심폐소생술로 내 삶의 방향을 바꾸어 놓았다는 걸 알았다. 다른 사람이 아닌 아저씨가 내 손을 잡아 준 것이다. 아저씨는 입을 꾹 다문 채 무서운 얼굴로 나를 노려보고 있었다. 두 번 다시 버디에게 사고가 나지 않게 하고, 버디를 잃지도 않겠다던 아저씨의 신념을 무너뜨리려고 했기 때문이었다. 혜미가 울먹이는 목소리로 내 어깨를 때리며 말했다.

"내 옆에 있을 거라며! 함께할 거라며! 항상 옆에 있기로 약속했잖아…… 날 보겠다고 했잖아!"

"미안해…… 미안해요……."

나는 보트에 누운 채 이 말만을 반복했다.

흔들리는 보트를 따라 내 몸도 출렁였다. 바닷바람은 따뜻했고, 푸른 하늘에는 구름이 뭉게뭉게 떠 있었다. 작열하는 태양이 나를 환하게 비춰 주었다. 나는 살아서 물 밖 공기로 숨을 쉬고 있었다. 할아버지의 말이 생각났다. 바닷속이 아무리 찬란하고 편하고 행복해도, 이쪽 세계가 더 찬란하고 우리를 더 행복하게 한다는 말. 명심하라던 할아버지의 그 말처럼, 물 밖은 눈부시게 찬란했다. 내가 사랑하는 사람이 있고, 나를 사랑해 주는 사람이 숨 쉬고 있는 곳. 내가 지켜 줘야 할 사람이 있고, 나를 지켜 줄 사람이 있는 곳. 언제든 찾아가 얼굴을 볼 수 있는 곳. 호흡 기체 없이도 달려가 만날 수 있는 곳. 자유롭게 숨 쉬고, 통곡하고, 말할 수 있는 이곳이 훨씬 찬란했다. 그 찬란함에 웃음이 나왔고 눈에서는 눈물이 흘러내렸다.

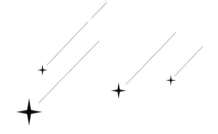

바다의 노래

우리는 창가에 서서 책을 말리며 바다를 바라봤다. 바람이 책장을 날릴 때마다 책에서는 바다 냄새가 났다. 모든 게 바다 차지가 되어서였다. 바다에 젖어 보지 않은 것들은 없었고, 바다한테 가진 걸 빼앗기지 않은 사람도 없었다. 태양도 바다의 것이 된 듯, 태양 빛이 내려앉은 수면이 하얗게 반짝거렸다.

사람들이 모는 배가 반짝거리는 물살을 하얗게 가르며 지나갔다. 그들은 다시 행복해지려고 열심히 움직였다. 일어서려고 란희 누나처럼 노래를 불렀다. 이제 그들의 터전은 바다가 되었기에 그 위를 수없이 달리고 헤엄쳤다. 바다를 붙들고 매달려서 하루를 묵묵히 보냈다.

나 또한 마찬가지였다. 바다는 우리를 고통에 빠뜨렸지만 나의 미래는 여전히 그곳에서 시작될 것이다. 바람에 가볍게 휘날리는 책장을 루나가 발로 건드리며 장난을 쳤다. 아래층에서 란희 누나의 노래가 여름 한낮의 아지랑이처럼 피어올랐다.

샘 아저씨는 세아를 집에 데려다주고 돌아오던 날 밤, 세아 대신 촛불을 켰다. 아저씨는 많이 짧아진 세아의 양초에도 불을 붙였다. 어둠 속에서 다섯 개의 별이 반짝였다. 다섯 개의 양초가 온전하게 불을 밝히자 세아가 어딘가에 살아 있을 것만 같았다. 여기가 아니라면 진짜 별이 되어서라도 반짝반짝 빛나고 있을 것 같았다. 아저씨가 감자 먹는 사람들 자리를 보며 나를 불렀다.

"세호야."

그리고 이어서 혜미를 불렀다.

"혜미야."

우리는 천천히 고개를 들었다. 아저씨가 우리를 번갈아 쳐다보며 단단한 눈빛과 목소리로 말했다.

"살자."

나는 속으로 말해 봤다. 살자. 그러고는 나를 살게 하는 그 말에 고개를 끄덕였다.

"살자."

아저씨는 다시 한번 단호하게 말했고, 혜미도 아저씨 말에 고개를 끄덕였다.

나는 살 것이다. 엄마, 아빠, 세아가 살아 보지 못한 시간까지 살 것이다. 열심히 살아서 나중에 만나면 다 이야기해 줄 것이다.

그들이 심심해하지 않을 만큼, 그들이 살아 보지 못한 시간만큼 내가 어떻게 살았는지 이야기하고 또 해 줄 것이다. 이야깃거리를 많이 만들어 가기 위해서라도 아주 오래 살 거라고, 감자 먹는 사람들 자리를 보며 다짐했다. 누구보다 찬란하게 살 거라고 창밖의 반짝이는 별을 올려다보며 약속했다. 그들은 바다 옆 방에 모여 찬란한 내 삶을 끝까지 지켜봐 줄 것이다.

란희 누나의 노래는 바람을 타고 수평선까지 닿았다 파도를 타고 우리에게 다시 돌아왔다. 돌아올 때의 그것은 바다가 불러 주는 노래 같았다. 혜미가 란희 누나의 노래를 따라서 불렀다. 처음 듣는 혜미의 고운 노랫소리를 따라 나도 함께 불렀다. 우리의 노래는 바다의 노래와 만나 멀리멀리 퍼져 나갔다.

"세호야, 혜미야."

노래가 끝나갈 때, 아저씨가 뒤에서 우리를 불렀다.

"가자."

다이빙을 나갈 시간이었다. 혜미와 나는 다 마른 책을 덮었다.

우리 셋은 찬란하게 살기 위해서 잠수 장비를 챙겨 사무실을 나갔다. 계단을 뛰어 내려가던 우리는 걸음을 멈추고 서로의 얼굴을 쳐다봤다.

물이, 계단 한 칸을 우리에게 돌려주었다.

작가의 말

　오래전부터 기후 위기가 배경인 이야기를 3부작으로 기획하고 있었다. 1부작은 7년 전 발표한 성인 장편소설『날짜 없음』으로, 일 년째 '눈'이 멈추지 않고 내리는 도시에서 살아가는 남녀의 사랑을 그렸다. 2부작인『디어 마이 버디』는 '물'에 잠긴 도시에서 벌어지는 이야기로, 열일곱 살 소년 소녀가 주인공이다. 마지막 3부작은 동화가 될 예정이다.

　장마가 한 달 넘게 이어져 흐리고 비 내리는 창밖을 내다보며 『디어 마이 버디』를 써 내려갔던 기억이 있다. 그래서 더욱 상상 속 이야기가 허구 같지 않았다. 그럼에도 어린 소년 소녀가 겪는 재난의 고통과 불행, 슬픔을 나로서는 감히 짐작조차 하기 어려웠다. 너무 가혹한 상황 속으로 그들을 몰아넣은 것 같아 미안하고 걱정도 되었다.

그러나 우리가 살면서 겪는 사소해 보이는 불행에도 고통과 슬픔이 따르고, 그 일은 멈추지 않고 끊임없이 찾아와 우리 삶을 괴롭힌다. 결국 어떤 불행도 당사자에게는 사소하다고 할 수 없는 것이다.

문제는 불행이 닥쳤을 때 어떻게 극복해서 살아남느냐다. 답은 혼자가 아닌 '함께'에 있다고, 나는 믿는다. 서로의 '버디'가 되어 어려움을 함께 헤쳐 나가는 것만큼 든든한 위로가 있을까.

첫 청소년 장편소설이지만 나이의 경계는 큰 의미가 없다고 생각하며 썼다. 청소년은 자라서 어른이 되고, 다 자란 어른은 청소년의 기억을 간직하고 살아가기 때문이다. 비록 허구일지라도 소설에 대한 기억이 앞으로 닥칠지 모를 불행으로부터 한 사람의 삶이라도 지켜 낸다면, 『디어 마이 버디』는 가치를 얻은 거라고 생각한다.

2023년 여름,
장은진

참고도서

- 육현철, 『왕초보 스킨 스쿠버 다이빙론』, 글누림, 2022
- 박재석, 『나는 매일 푸른 천국에 빠진다』, 미다스북스, 2019

디어 마이 버디

© 장은진, 2023

초판 1쇄 인쇄일 │ 2023년 8월 11일
초판 1쇄 발행일 │ 2023년 8월 25일

지은이 │ 장은진
펴낸이 │ 정은영
편　집 │ 전유진 최찬미 박진혜
디자인 │ 박정은
마케팅 │ 이언영 한정우 전강산 윤선애 이승훈 최문실
제　작 │ 홍동근

펴낸곳 │ (주)자음과모음
출판등록 │ 2001년 11월 28일 제2001-000259호
주　소 │ 10881 경기도 파주시 회동길 325-20
전　화 │ 편집부 (02)324-2347, 경영지원부 (02)325-6047
팩　스 │ 편집부 (02)324-2348, 경영지원부 (02)2648-1311
이메일 │ jamoteen@jamobook.com
블로그 │ blog.naver.com/jamogenius

ISBN 978-89-544-4944-1 (43810)